当所有人都想将这群大象置于死地时，
只有我一再救下它们……

哭泣的非洲象

Weeping
African elephant

图拉图拉的大象和我的非洲原野生活

[南非]劳伦斯·安东尼 [英]格雷厄姆·斯彭斯 / 著

[美]西娅·费尔德曼 / 改编

李思璟 / 译

民主与建设出版社

·北京·

© 民主与建设出版社，2022

图书在版编目（CIP）数据

哭泣的非洲象：图拉图拉的大象和我的非洲原野生
活 /（南非）劳伦斯·安东尼，（英）格雷厄姆·斯彭斯著；
李思璟译；（美）西娅·费尔德曼改编 . — 影印本 . —
北京：民主与建设出版社，2022.3
书名原文：The Elephant Whisperer：my life with
the herd in the african wild
ISBN 978-7-5139-3745-0

Ⅰ . ①哭… Ⅱ . ①劳… ②格… ③李… ④西… Ⅲ .
①纪实文学－南非共和国－现代②纪实文学－英国－现代
Ⅳ . ① I478.55 ② I561.55

中国版本图书馆 CIP 数据核字（2022）第 039429 号

著作权合同登记号 图字：01-2022-1063

哭泣的非洲象——图拉图拉的大象和我的非洲原野生活
KUQI DE FEIZHOUXIANG——TULATULA DE DAXIANG HE WODE FEIZHOU YUANYE SHENGHUO

著 者	[南非]劳伦斯·安东尼 [英]格雷厄姆·斯彭斯
译 者	李思璟
改 编	[美]西娅·费尔德曼
责任编辑	刘 芳
策划编辑	栎 宇
封面设计	平 平
出版发行	民主与建设出版社有限责任公司
电 话	（010）59417747 59419778
社 址	北京市海淀区西三环中路 10 号望海楼 E 座 7 层
邮 编	100142
印 刷	天津旭非印刷有限公司
版 次	2022 年 3 月第 1 版
印 次	2022 年 3 月第 1 次印刷
开 本	690 毫米×980 毫米 1/16
印 张	16
字 数	182 千字
书 号	ISBN 978-7-5139-3745-0
定 价	49.80 元

注：如有印、装质量问题，请与出版社联系。

献词

献给我美丽、体贴的弗朗索瓦丝，
你让我能够做自己。

目录

博茨瓦纳

津巴布韦

莫桑比克

林波波省

纳米比亚

西北省

★
豪登省

姆普马兰加省

约翰内斯堡

自由邦省

图拉图拉

恩潘盖尼

莱索托

夸祖鲁-
纳塔尔省

北开普省

南非

德班

东开普省

印度洋

西开普省

南大西洋

非洲

南非

象语者说

—— 劳伦斯·安东尼

　　1999 年，我的野生动物保护区图拉图拉接收了一群有问题的野生大象。我没想到这会给我带来巨大的挑战，也不知道我的生活会因此变得那么丰富多彩。

　　这既是身体上的，也是精神上的一场冒险。之所以说是身体上的，是因为行动本身就是一场冒险；之所以说是精神上的，是因为这些庞大的大象把我带入了它们的精神世界。

　　需要说明的是，所谓"象语者"指代的并不是我。我没有什么超能力，是这些大象对我耳语，教会了我如何倾听。

　　我所描述的大象对我的反应以及我对它们的反应，都是我的亲身经历，不是规划好的实验。我是一个环境保护主义者，致力于保护野生动物和自然环境。通过试错，我终于找到了我和动物们的最佳交流方法。

　　我不仅是个环境保护主义者，还是个非常幸运的人。我的图拉图拉保护区位于南非祖鲁兰地区的腹地，是一片面积五千亩的未开发丛林。这里是当地众多野生动物的自然家园，包括白犀牛、非洲水牛①、豹子、鬣狗②、长颈鹿、斑马、角马①、

知识拓展 🐾

① 非洲水牛

非洲水牛是一种产于非洲的牛科动物，平均高度 1.4~1.7 米，体重 425~900 公斤。非洲水牛属于群居动物，是非洲最危险的动物之一，也是非洲伤人最多的动物之一。

② 鬣狗

鬣狗是体形中等偏小的肉食性哺乳动物，主要生活在非洲、亚洲。根据动物谱系学，鬣狗科更接近于猫科和灵猫科，而从形态及习性来看，它们更接近犬科。

③ 角马

角马也叫牛羚羊，角马羚，是一种生活在非洲草原上的大型动物。角马的头粗大而且肩宽，很像水牛；后部纤细，比较像马。

鳄鱼、猞猁①、薮猫②和多种羚羊。我们见过和卡车一样长的蟒蛇，也见过可能是这个地区最大的白背兀鹫③繁殖群。

当然，现在我们还有了大象。这是一个多世纪以来，野生大象首次被引入这一地区。

我无法想象没有它们的生活是什么样子，也不希望我的生活中没有它们。要了解它们怎样教会我这么多事情，必须先要明白动物王国里的交流就像一阵风吹过一样自然。只不过从一开始的时候，人类的局限性阻碍了我对它们的理解。

在喧闹的城市里，我们往往会忘记祖先们的本能：每个人其实都能听到原野地带④的低语，并给出回应。

我们必须明白，有些事情是我们无法理解的。大象拥有的品质和能力远远超出了科学可以解释的范围。虽然大象不会用电脑，但它们确实拥有超强的沟通能力。

我的象群向我展示了厚皮动物的同情心和慷慨大度，让我了解了大象的情感、关怀和极高的智商，也让我意识到它们很重视与人类建立良好的关系。

这些大象教会我，在追求生存和幸福的过程中，所有的生命形式对彼此而言都很重要。除了你自己、你的家人或者你的同类，生命中还有其他事物的存在。

知识拓展 🐾

① 猞猁
   猞猁是一种离群独居、活跃在广阔空间里的野生动物，外形似猫，但比猫大得多，属于中型猛兽。

② 薮猫
   薮猫是产于非洲的中型猫科动物，为薮猫属的唯一成员。薮猫体长约85厘米，尾长约40厘米，平均寿命在12~20年。与其他猫科动物相比，它体形修长，腿长而尾短，耳朵又高又圆，两耳基部距离很近。

③ 白背兀鹫
   白背兀鹫长着白色的"领子"，喜欢吃大型食草动物的尸体，是大自然的"清道夫"。

④ 原野地带
   原词为 wilderness，指的是地球上尚未受到大规模人类活动改造的自然地带。分成两种，即受严格保护的自然保护区与未受严格保护的原野。

第一章

流浪的大象

— 1999 年 —

"砰!"我听到远处传来一声枪响。

我从椅子上跳起来,接着听到一阵"嘎嘎"声。群鸟仓促飞起,惊恐地叫着。

保护区西边的边界有盗猎者!

护林员大卫已经冲向路虎车。我拿起一把猎枪,随即跳上驾驶座。麦克斯,我养的一只斯塔福郡斗牛㹴①,迅速跳到我和大卫座位中间。

我启动车子,踩下油门的时候,大卫抓起了无线对讲机。

"恩东加!"他大喊,"恩东加,听到了吗?完毕!"

恩东加是保护区中奥万博②巡逻员的首领。如果与盗猎者发生枪战,他是位可靠的好帮手。但这次大卫没能联系上他,对讲机只收到电流声。于是,我们两人上路了。

知识拓展 🐾

① 斗牛㹴
　　一种肌肉非常发达,极度聪明的短毛狗。

② 奥万博
　　奥万博族是南非的一个族群,也是纳米比亚最大的族群。

自从我和我的未婚妻弗朗索瓦丝买下图拉图拉保护区后，盗猎者一直是我们最大的问题。我不知道他们是谁，也不知道他们从哪里来。我和附近的祖鲁族酋长们聊过这个问题，他们坚定地表示自己的族人不会参与盗猎。我相信他们。他们还说问题应该来自保护区内部，但我觉得这种可能性不大，因为我们的员工都非常忠诚。

　　天色已经暗了下来。接近保护区西边的栅栏时，我放慢速度，关掉车灯，把车停在一个大蚁丘后面。我们慢慢穿过一片槐树丛，一边观察，一边倾听，精神高度集中，手指紧张地扣住猎枪扳机。非洲的护林员都知道，职业盗猎者往往是会开枪杀人的。

　　栅栏就在 45 米外。我知道盗猎者通常会预留一条逃跑路线，于是向大卫示意，我要爬到栅栏外侧，切断盗猎者的退路，而他要做的是留神观察是否存在交火的可能。

　　傍晚的空气里弥漫着火药味，硝烟仿佛是悬挂在寂静夜空中的一条面纱。在非洲，只有枪声响起，丛林中的动物才会安静下来。

　　度过了几分钟的死寂后，我打开手电筒，借着光束上下检视栅栏。栅栏上没有盗猎者为了进来而凿出的缺口，也没有痕迹或血迹表明曾有动物被杀死并拖走。

　　除了令人毛骨悚然的寂静之外，一切如常。

　　就在这时，我们又听到了几声枪响，声音来自保护区的东边。我马上意识到这是个陷阱——有人在保护区西边开枪，吸引我们过来。现在，盗猎者们可能正在保护区的另一侧猎杀薮羚，而我们开车赶过去至少需要 45 分钟。

　　我们跳回路虎车，全速飞驰赶往保护区的另一侧。但我知道这毫无意义，不等我们抵达，盗猎者们就会离开保护区。

不过现在我明白了，我们面对的确实是一个组织严密的犯罪团伙，并且它是由一个熟悉我们一举一动的人所领导。酋长说得对，他们一定有内应，不然怎么会把一切都安排得如此精确？

当我们到达保护区东边界的时候，天色已是一片漆黑。我们用手电筒检视了现场。草丛被踩踏过，到处都是血迹。留下的痕迹显示，有两具薮羚的尸体被拖向栅栏的缺口。缺口是被人用工具钳粗暴地剪开的。栅栏外大约 10 米处有汽车驶过的轮胎泥印。现在那辆车应该已经开出去几千米了。被偷走的动物会被卖给当地的屠夫，用来制作一种在非洲很受欢迎的肉干。

"图拉图拉"在祖鲁语中是"和平与安宁"的意思。当初我买下这片土地的时候，曾发誓不会让任何动物在我的眼皮底下被无辜杀害。当时，我并没有意识到要实现这个誓言是这么艰难！

2

第二天，我接到大象管理者和所有者协会（简称 EMOA）的玛丽昂·加莱的电话。这个协会是由南非的几位大象所有者一起组建的大象福利组织。

玛丽昂问我："你是否有兴趣收养一群大象？"我还没回答，她马上补充说，"有个好消息，你只需要支付捕捉和运输大象的费用就可以了。"

我十分惊讶。大象？地球上最大的陆生哺乳动物？我一度以为她在开玩笑。谁会接到这样的电话，问你要不要一群大象？

但是，玛丽昂的语气是认真的。

我问她："那坏消息是什么？"

原来，这群大象被认为是"麻烦制造者"，它们总想逃出保护区，现任主人想马上脱手。玛丽昂说："坏消息就是，如果我们不接手，它们就会被全部射杀！"

"它们是怎么逃跑的？"我问。

"真是难以置信！象群的母象首领已经知道如何冲出电栅栏了。它会把电线绕在长牙上来扯断电线，或者直接忍痛撞开栅栏。"玛丽昂说，

"主人已经无计可施了，所以找我们协会来想办法。"

我想象着象群中领头的母象——一头 5 吨重的野兽为了逃出去，忍受着 8000 伏电流的冲击。这足以说明它的决心。

"还有一件事，劳伦斯，象群里还有象宝宝。我听说你知道怎么和动物相处，"玛丽昂继续说，"所以，我觉得图拉图拉保护区很适合它们，你也很适合它们。也许它们也适合你。"

这给我出了个难题。我们这里完全不适合养一群大象：保护区建立不久，刚进入正常运营；前一天发生的事件表明，我目前正面临着一个组织严密的盗猎团伙的威胁。

我正准备拒绝，但转而想到我一直很喜欢大象。它们不仅是这个星球上体形最大、身份最高贵的陆地生物，也是非洲所有雄伟事物的象征。现在，我意外地得到一个拥有象群的机会，还能为它们提供帮助。以后我还会再遇到这样的机会吗？

"它们的老家在哪里？"我问玛丽昂。

"在姆普马兰加省的一个保护区。"

姆普马兰加省位于南非东北部，南非的大部分野生动物保护区都在那里，包括非洲最大的克留格尔国家公园。

"这个象群总共有多少头大象？"

"9 头。包括 3 头成年母象，4 头小象——其中有一头正值青春期的公象，还有 2 头象宝宝。这是非常优秀的一家人。母象首领有一个漂亮的小女儿和一个 15 岁的儿子，基因很优秀。"

"它们一定惹了不少麻烦吧？否则谁也不会把大象免费送人。"

"我说过，首领母象一直想逃跑。它不仅会拧断电线，还学会了用象牙'开门'。它们的主人不太愿意让这些庞然大物在游客露营区徘徊。如果你不收留它们，它们就会被射杀，至少成年象一定会被杀死。"

我没说话，在脑海中理清思路。这个机会确实很好，但风险也很大。

如果盗猎者再次光顾怎么办？珍贵的象牙会不会引来更多盗猎者？我要不要给整个图拉图拉保护区拉上电网，防止大象跑出去？它们到来后，我是否需要建起围墙，把它们隔离起来？它们只是喜欢逃跑，还是存在异常行为、对人类充满仇恨？如果把它们养在人员密集的动物保护区，会不会太危险？

细节并不重要，问题是，这群大象面临着生死危机。

"好的，"我回答，"我会接收它们。"

我还沉浸在突然成为大象主人的震惊中，又收到了另一个意外消息。它们现在的主人希望两个星期内脱手，否则交易就会取消，象群将被射杀。可怕的是，当大象这样的庞然大物被认为是"烫手山芋"时，等待它们的几乎只有死路一条。

两个星期？这意味着我们要在这短短的时间内，环绕整个保护区修出一条 30 千米长的栅栏，并全部通电，同时要从头建造一个坚固的隔离波玛——非洲当地的一种护栏；还得在波玛周围再建一道栅栏，这些栅栏和保护区外围的栅栏一样，也必须通上足够强的高压电，才能应付 5 吨重的大象们。通电不是为了伤害它们，而是为了让它们远离波玛。如果大象知道撞上这些栅栏时的滋味并不好受，之后，当它们在保护区自由行动的时候，就会避开外围的栅栏。

在短短两个星期时间内完成这些工作是绝对不可能的，但我们必须试一试。

我决定让大卫担任我的助手。然后，我找到祖鲁族的工作人员，让他们告知当地社群，我们需要人手。接下来的两天里，人们成群地等在图拉图拉保护区的大门外，争着要工作。非洲乡村有数十万人在温饱线上挣扎，能为他们提供工作机会，我由衷地感到高兴。

为了争取到当地酋长们的支持，我和他们见了面，解释了我们正在做的事情。

上述工程很快就开工了。虽然只有两个星期的施工时间，但看到一圈栅栏渐渐竖起的时候，我终于松了一口气。

接着，我们又遇到了另一个问题。

4

大卫冲进我的办公室。"老板，有个坏消息！保护区西边界的工人停工了，他们说有人冲他们开枪，现在每个人都吓得不敢工作了。我们该怎么办？"

"咱们去看看到底怎么回事，"我回答，"但我们也没有太多选择。把那些太害怕的工人的工资结清吧，赶快找其他人手替代。修栅栏的工作可不能停。"

我还给一批保安下达了命令，让他们随时待命，保护留下的工人。

第二天早上，大卫又冲进我的办公室。

"天哪，我们真的遇到麻烦了，"他喘着粗气说，"又有人跑来开枪了，有一名工人被击中了。"

我拿起我的旧步枪，和大卫一起开着路虎车全速冲到栅栏边。大部分工人都蹲在树后，其中几个工人在照看一个被猎枪击中脸部的工人。

我们检查了这位工人的伤口，确保他没有生命危险后，便在附近的树林中开展"之"字形搜寻，终于找到了踪迹。这是一名枪手留下来的足迹，而不是我们之前认为的一群人。我派贝基和领班巡逻员恩圭尼亚（他的名字在祖鲁语中是"鳄鱼"的意思）去追踪枪手，我和大卫留下来保护工人们。

贝基和恩圭尼亚发现了枪手，并与他交火，但对方最终消失在了茂密的丛林中。不过，他俩认出了枪手，他是几千米外另一个祖鲁村的猎人。

我们开车把受伤的工人送到医院，并报了警。保安指认了猎人后，警察突袭了他的茅草屋，在那里缴获了一把旧猎枪。他毫无愧色地承认自己是职业盗猎者，还责怪我们正在修建的电栅栏让他失去了生计，让他再也不能轻易闯入图拉图拉保护区了。不过，他否认有杀人的意图，说他只是想吓唬工人们，阻止电栅栏完工。

他的那把 12 号口径双管猎枪已经磨损生锈，几乎要散架了，用电工胶带才勉强固定在一起。由此看来，他不可能是之前给我们带来大麻烦的盗猎者。

那到底是谁呢？

5

枪击事件发生后，施工还在继续进行。工人们从早到晚都在工作，没有休息日。这项任务并不轻松，他们总是汗流浃背，浑身脏兮兮的。如今白天的气温甚至会飙升到43℃，但电栅栏还是一米一米地向北推进，再转而向东。

修建波玛也同样艰辛，不过规模要小得多。我们在丛林中每测量出90平方米的面积，便会每隔10米在混凝土地基上固定一根3米高的重型水泥支柱，然后在每根支柱之间紧紧缠绕几圈金属网，再绑上三根拇指粗的电缆。

如果栅栏不通电，就挡不住下定决心要逃跑的大象，所以我们沿着支柱铺设了四圈电线，用两个由汽车蓄电池驱动的发电机提供电力。

碰触电线并不是致命的，但强大的电流会给大象带来巨大冲击，即使它们的皮肤有3厘米厚。我亲身体验过好几次电流的巨大威力。我在维修时不小心碰到电线，或者聊天太开心时随意挥舞的手臂打到电线上的狼狈模样，反而把护林员逗笑了。电流的冲击会让人浑身发麻并颤抖。如果不马上松开手，就会无法控制双腿，不由自主地倒在地上，好在很快就可以恢复。

◎ 波玛栅栏。

栅栏竖起来后，最后一项任务就是砍掉附近可能会被大象撞倒的树木，因为把这些树木砸到电线上，是大象最喜欢的切断电流的方式。

两个星期一眨眼就过去了。尽管工人们夜以继日地修建波玛，晚上甚至借助车灯来工作，但任务还远远没有完成。

姆普马兰加省保护区的经理们频繁打来电话，询问我们进展如何。

"一切都很好。"我不得不故作轻松地扯谎——如果他们知道我们根本无法在不切实际的截止期限前修好栅栏，知道发生了工人被枪击中的事，很可能会取消这笔交易。

后来，我还是接到了那通让人担心的电话。

象群又一次试图逃脱，这次，它们破坏了姆普马兰加省保护区的三家旅馆。对方在电话中直截了当地说，如果我们不能立刻带走象群，它们的主人就不得不做出"决定"。

　　弗朗索瓦丝接过电话，一边交叉着手指祈求好运，一边告诉对方，我们只需要等待防护措施得到官方机构夸祖鲁－纳塔尔省野生动物局的批准。

　　不知为什么，对方相信了她，勉强同意延期，但警告说只能再延期几天，否则就会做出"决定"。

　　——又是这个词。

6

工人们已经精疲力竭，但还在坚持着给栅栏敲钉子。这时，姆普马兰加省保护区的经理打来电话，说不能再等了，不管我们有没有准备好，他都会把大象送来。通电话的同时，大象正在被装车，会在 18 小时内到达图拉图拉保护区。

我赶忙给野生动物局打电话，让他们来验收波玛。幸好，他们回复说检查员会在几小时内赶到图拉图拉保护区。

大卫和我马上开车去进行最后的确认，希望一切都完美。我们仔细检查了所有的树木，确保它们即使倒下也不会砸到栅栏。但我还是感觉不太对劲。

我立刻发现了问题所在：栅栏和重型电缆都被固定在了水泥支柱的外侧，而不是内侧。这意味着支柱只能提供单薄的支撑。如果大象冒险靠在这些支柱上，就能像撕纸一样轻易冲破栅栏。检查员一旦发现这一点，就会拒绝批准我们的申请。运输卡车将被迫折返，被送回去的象群将必死无疑。

我愤怒地握紧拳头。我们怎么会犯这么低级的错误呢？为什么我之前没注意到呢？现在做任何补救都已经太晚了，草原上尘土飞扬，这标志着检查员即将到来。我寄希望于能够蒙混过关，但其实内心已经陷入绝望。大象救援计划还没有开始，就注定要失败吗？

这位检查员看上去既得体又专业。他注意到靠近栅栏的地方有一棵巨大的螺形穗花树，树皮上长满结瘤。这种树的木材特别坚硬。检查员说，即使是大象也无法撞断这棵"肌肉发达"的大树。他判断这棵树是安全的。

当他去检查电线的时候，我感到口干舌燥——他肯定会注意到电线安装在了错误的一侧！但出乎意料的是，他居然没有注意到这个明显的错误。波玛通过了检查。现在，我得到了最关键的授权。

检查员离开后，我召集了所有空闲人手，要在大象抵达之前，正确地固定好栅栏。就在施工过程中，我得到了一个坏消息：在装车过程中，象群的首领母象和它的一头象宝宝被射杀了。理由是这位首领是个"坏榜样"，即使到了图拉图拉保护区，也会再次试图逃脱。听到这个消息的我瞠目结舌——我们手头正在做的所有准备，不都是为了阻止象群逃脱嘛！

我能理解首领母象被射杀的原因。大象体形庞大，非常危险，如果它们制造麻烦，使保护区的旅馆和游客遭遇意外，被射杀是很常见的事。只不过，我觉得这个决定应该由我来做。我相信，我一定能让象群在它们的新家好好安顿下来，我已经做好冒险接收"逃脱高手"母象首领和它的象宝宝，并与它们相处的准备了。这个杀戮消息进一步坚定了我拯救其他大象的决心。

7

祖鲁人有句谚语："如果特殊的日子正巧下起了雨，那么当天所做的一切就会受到祝福。"对于与自然界步调一致的人们来说，雨就是生命。象群抵达的那天，不仅下了雨，还是倾盆大雨，但我不确定祖鲁族所说的祝福是否准确。运载象群的卡车在浓浓夜色中抵达图拉图拉保护区时，暴雨已经把土路冲刷成了一股股泥流。

我们刚打开大门，卡车就爆胎了。轮胎的爆裂声像步枪的枪声一样响亮，顿时让大象们惊慌失措，毕竟它们刚刚亲眼见到首领母象被枪杀。于是大象们开始在卡车内冲撞，仿佛把卡车当成了一面大鼓。工作人员马上开始换轮胎。

备胎刚换好，最令人担心的事发生了，卡车向前滑行了几米就陷进泥里。轮胎空转，把泥溅得到处都是。此时，卡车里的大象变得越来越焦躁。

"我们得赶快解决这个问题，不然就得在这里把大象放出来，它们不能再待在卡车里了，"负责运输的兽医科布斯·拉德特说，"我们只能祈祷外围的栅栏能拦住它们。"

我们都知道，对于这群总在制造麻烦的大象来说，外围栅栏是不可能拦住它们的。我们更知道，如果大象再次逃跑，它们必死无疑。

司机厌倦了我们的讨论，他一句话也没说，突然开始倒车，把巨大的卡车从泥泞中开了出来。卡车冲向草原，地面的摩擦力增加了一些。司机躲过可能会扎破轮胎的荆棘丛，蜿蜒穿过巨大的白蚁丘，神奇地保持着卡车的前行状态，终于开到了波玛。

工作人员们欢呼雀跃，仿佛司机在世界杯中踢进了制胜球。

接下来的问题是如何把大象从卡车上哄下来。大象体形庞大，是唯一一种不会跳跃的动物。我们了解这一点，已经提前挖好了一条壕沟，让卡车倒进去，这样卡车车厢就能与地面持平。

因为下大雨，这条壕沟泥泞不堪，溢满雨水和褐色的泡沫。如果我们把卡车倒进去，就很难再把车开出来。但车里是一群非常不安分的大象，我们只好赌一把。

真是一场灾难！壕沟太深，卡车的滑动门直接被卡住了。当时已经是凌晨两点，天色一片漆黑，雨还是很大。我只好紧急叫醒了保护区的每个人。我们拿着铁锹，努力把卡住车门的淤泥挖掉。

最重要的时刻终于到了。我们全都后退几步，准备迎接大象们光临新家。

不过，由于象群经历了压力重重的几小时，兽医科布斯决定先给它们注射一种温和的镇静剂。他拿着一根粗粗的注射器，爬上卡车车顶。车顶有一个大通风口，上面盖着板条，以保证空气流通。

大卫也跳上车去帮忙。他刚爬上车顶，一条象鼻突然像眼镜蛇一样迅速穿过板条，抽向他的脚踝。大卫躲开了。再慢一秒钟，他就会被极具攻击性的象鼻缠住。如果大象真的抓住他，他就会被拽进卡车里，凄惨地死去。被拽进关着 7 头大象的密闭空间，结局只会是变成一块汉堡肉饼。

幸好，之后一切都进展顺利。注射完成后，大象们平静下来。我们打开卡车车门，新任首领母象首先现身。车辆的前灯在树后投下它的巨大身影，它试探性地踏上了图拉图拉保护区的土地。

其他 6 头象紧随其后。先是新任首领母象年轻的儿子，然后是 3 头母象：其中一头是成年象；接着是一头 11 岁的公象；最后出来的是前任首领母象 15 岁的儿子，它重达 3.5 吨。它向前走了几米，即使是在昏昏沉沉的状态中，也很快发现身后有人类。它转过头，盯着我们，然后竖起耳朵，发出像高音喇叭似的怒号，马上转身向我们冲来。快接近我们面前的栅栏时，它才停下脚步。

我钦佩地笑了。不久前才目睹自己的母亲和妹妹被射杀，又在卡车里关了 18 小时，但年纪轻轻的它依然想着要保护自己的家人。大卫立即给它取名为"诺姆扎恩"，在祖鲁语中意思是"长官"。

我们给新任首领母象取名为"娜娜"——我们安东尼家的所有孙辈都这样称呼我的母亲雷吉娜·安东尼，而她也是一位受人尊敬的女族长。

副首领母象最活跃，我们叫它"弗朗基"，取自弗朗索瓦丝的名字。之后我们又给其他大象取了名字。

娜娜把象群召集起来，大步走向栅栏，伸出鼻子试探。8000 伏的电流让这个笨重的身躯颤抖了一下，它急忙后退。在家人的陪同下，它漫步视察了整个波玛，鼻子微微蜷缩在电线下方，试探电流的强度。它在寻找最薄弱的连接点，它一定是见到姐姐——前任首领这样做过。

我观察着，几乎不敢呼吸。娜娜检查完毕，嗅到了水塘的味道，于

◎ 娜娜，首领母象。

是带着象群去喝水了。

调控动物待在通电波玛里的时间意义重大。如果时间太短，它们就不会敬畏栅栏带来的高强度电压。如果时间太长，它们就会明白，只要能忍受痛苦的抽搐，就可以像前任首领那样在几秒之内扯断电线。一旦发生这样的情况，它们就不会再害怕电流的威胁了。

但是没人知道多长时间最合适。人们的观点各不相同，有人认为制服平静的大象只需要几天，而制服狂野的大象则需要三个月。

我的新象群完全谈不上温和，谁也不知道到底应该把它们关多久。不过专家告诉我，在波玛隔离期间，动物不能与人类接触。所以，闩好大门后，我就指示大家离开，只留了两个巡逻员在远处站岗。

离开时，我注意到象群在栅栏一角站成一排，面朝正北，那正是它们以前的家的方向，仿佛它们内心有个指南针正在给出指示。

这可不是个好兆头。

8

不久后的一天早晨，我被一阵敲门声惊醒，接着听到恩东加大喊："象群不见了！它们冲出了波玛！它们消失了！"

我跳下床，一边匆忙穿裤子，一边单脚跳着冲出去。

"我来了，等等！"我喊道。

恩东加焦虑地站在门外，在黎明的寒风中瑟瑟发抖。

"两头成年母象开始推树，"他说，"它们一起合作，把树推倒在栅栏上。电线短路了，象群冲出波玛。情况就是这样。"

我的胃因为担心而翻搅起来。"哪棵树？"

"就是那棵螺形穗花树。野生动物局说粗壮得连大象也无法推倒的那棵树。"

那棵树有几吨重，9 米高。然而娜娜和弗朗基已经想明白了，只要它们齐心协力，就一定能把树推倒。尽管很沮丧，但我还是感到一丝自豪：这些大象可真够厉害的。

我们需要抓紧时间解决这个巨大危机。象群正在向边界的栅栏冲去，如果它们冲破外围栅栏，就会直接冲向紧邻图拉图拉保护区的几个村庄。任何护林员都知道，如果一群野象跑向人口密集的地区，破坏力几乎相当于一场核灾难。

几分钟内，我们就在波玛边聚集了一支搜索队。那棵巨大的螺形穗花树已经成为历史，它被撞倒的上半部分与树桩的残干仅由一片树皮相连，上面还渗着毒液。倒地的栅栏看起来就像是被几辆坦克碾过似的。

一位奥万博巡逻员目睹了全过程。他满脸惊恐，站在被撞倒的树旁，给我们指大象最后去往的方向。

我们很快就跟着踪迹追到边界，但已经太晚了。外围栅栏已经被推倒，象群逃出去了。

从踪迹来看，它们抵达外围栅栏后，徘徊了一会儿，又返回了保护区。然后它们居然找到了为栅栏供电的装置。我们完全想不通它们怎么知道这个藏在 800 米外树林里的小机器，就是栅栏的电流来源呢？但它们就是知道，而且像踩铁罐一样踩坏了装置，然后重新回到已经完全失去作用的外围栅栏前。最后，它们把水泥支柱从地里拔出来，仿佛那只是根火柴棍。

它们留下的足迹指向北方。毫无疑问，它们是打算回到 1000 千米外的姆普马兰加去，那是它们心中唯一的家。它们抵达后，等待它们的将是死路一条。前提是它们在路上不会先被其他护林员或猎人射杀。

东方天空破晓时，5 千米外的一位司机发现自己的车后跟着一群大象。起初他以为自己看错了。大象？这里可没有大象……

向前开了 1 千米后，他看见了倒下的栅栏，终于把两件事联系到一起。幸好他足够冷静，并马上给我们打来电话，提供了宝贵的信息。

追捕开始了。我发动路虎车，搜索队的人也上了车。

我们刚刚驶出保护区，就惊讶地看到一群人站在土路边上。他们穿着卡其裤和迷彩猎装，手里拿着步枪。我能感受到他们的兴奋。

我停车走过去，搜索队和大卫跟在我后面。

"你们在做什么？"

一个人看着我，眼里满是期待。

"我们要去追捕大象。"

"是吗？哪来的大象？"

"它们刚从图拉图拉保护区逃出来，哥儿们，我们得先开枪杀死它们，不然它们可就要杀人了。这些大象现在是猎物了。"

我盯着他看了几秒钟，试图接受这个新的转折。接着，冰冷的怒意涌上我的心头。

"那些大象是我的，"我说着向前走了两步，表明自己的立场，"如果你们敢开枪，就准备好对付我吧。等我们把问题解决，马上就会起诉你们。"

我停下来，深吸了一口气。

"让我看看你的狩猎证。"我说，我知道他不可能天没亮就拿到狩猎证。

他回瞪我，涨红了脸。

"大象已经逃跑了，好吗？射杀它们是合法的，我们不需要你的许可。"

大卫站在我旁边，拳头紧攥，我能感受到他的愤怒。"听着，大卫，"我大声说，"守着这帮人。那些大象搞不清情况，现在还在外面逃亡。只有我们既没有枪，也不希望杀了它们。这说明我们和这帮人的目标完全不同，对吧？"

我怒火中烧，命令巡逻员们回到路虎车上。我们重新发动引擎，飞驰而去，扬起的尘埃挡住了那些虎视眈眈的枪手。

　　这番遭遇完全在我意料之外。理论上他们说得没错，象群确实已经变成了猎物。大象逃跑后，我们立即通知了野生动物局。他们刚刚通过对讲机答复我们，说已经给工作人员发放了猎象步枪。我明白，他们想当场射杀象群。他们最关心的还是当地人的安危。

　　我们现在需要和时间赛跑，必须赶在其他持枪人之前找到象群。

9

　　我们沿着公路开了将近 2 千米，发现象群的足迹转入丛林，和那位司机提供的信息一样。图拉图拉保护区两侧是大片的刺槐树林和代儿茶灌木丛，树木密密麻麻地交织在一起，荆棘枝条就像鞭子一样。锋利的荆棘几乎不会划伤大象的皮肤，但对人类这种软皮动物来说，在丛林里奔跑就相当于置身挂满鱼钩的迷宫。

　　北方目之所及都是森林，我们能在这片茂林之中找到象群吗？为了赶在某个枪手之前找到大象，我们必须得找一架直升机，从空中追踪它们的踪迹。但买一架直升机要花上千美元，并且不能保证绝对成功。而且，大多数商业飞行员也不了解如何在这样的复杂地形中侦察大象的踪迹。

　　但我认识一个了解空中侦察的人。彼得·贝尔不仅是一位专业飞行员，还了解如何追踪野生动物，而且在紧急情况下，他会成为可靠的好帮手。我马上开车回图拉图拉保护区，给他打电话。

　　彼得了解事情的严重性，毫不犹豫地同意帮忙。他准备直升机的时候，我们继续徒步追踪。我们刚进入刺槐树林，奥万博巡逻员们就盯住了坚硬的泥地，然后摇了摇头。他们讨论的结果是，大象已经往回走了。

　　"你确定吗？"我问搜索队的领头。

他点点头，指向图拉图拉保护区："它们掉头了，去了那边。"

这是我最想听到的消息，也许象群会主动回到保护区。但顺着他们指引的方向异常艰难地跋涉了 20 分钟后，我产生了一点怀疑。汗水顺着我的脸颊流下。我叫来搜索队的领头。

"大象没来过这里，"我说，"没有踪迹，没有粪便，没有折断的树枝——没有任何它们来过的迹象。"

他摇摇头，像是耐心地和小孩说话似的，然后指向前方："它们在那边。"

尽管这和我的判断不符，我们还是往前走了一段。没过多久，我觉得受够了，事情真的不太对劲。周围完全没有大象来过的迹象。因为大象拥有巨大的体形和力量，它们一定会留下清晰的足迹、成堆的粪便和折断的树枝。

我打电话给大卫、恩圭尼亚和贝基，然后告诉奥万博巡逻员们，他们的判断有问题，我们得回到原来的搜索路线。巡逻员们耸耸肩，表示不打算加入我们的行动。当时我只顾着追捕，没有多想。

1 小时后，我们在完全相反的方向找到了新鲜的大象踪迹。为什么奥万博巡逻员选了错误的路线？他们是故意带错路的吗？应该不是吧……我只能猜测，他们可能是害怕在原野中毫无征兆地碰到大象。

我们和彼得保持着联系，他正在前方丛林一格一格地严密侦察。来自附近凡迪姆维洛保护区的野生动物局护林员约翰·丁利也在走访周围的居民区，询问酋长，是否有人看到过象群。答案是"没有"。这倒是个好消息，我们最担心的就是象群走入村庄，踩踏茅草屋，甚至伤害人类。

10

天气炎热，我们浑身都被荆棘刮伤，衣服被汗水浸透，精神也高度紧张，但还是坚持继续向前。我们时不时会发现新的踪迹，这证明我们的搜寻路线是正确的。我估计我们比象群慢了两小时，但它们也可能就在前方埋伏着，等待我们出现。这种恐惧一直伴随着我们。我们不止一次愣在原地，心提到嗓子眼，直到一只捻角羚^①或者薮羚从茂密的树丛中蹿出来，噼里啪啦地折断树枝，才能松一口气。

我们的进度慢到让人痛苦，却无法加快速度。前一个人从荆棘林的缝隙中挤过，荆棘就会弹向下一个准备通过的人。

我们要想追上大象，需要它们停在某处休息，比如有水源的地方。对我们有利的一个因素是，娜娜带着2岁的儿子，这会大大减缓象群的速度，至少我希望如此。（后来我们给这头小象宝宝取名为"曼德拉"，祖鲁语的意思是"力量"，以纪念它在这个漫长的追捕过程中，与其他

知识拓展 🐾

① 捻角羚

一种长着螺旋长角的羚羊，棕色的身体上带有白色条纹，生活在非洲的稀树草原地区，喜欢吃树叶、嫩芽以及水果，角可以做成乐器。

大象保持同步的惊人耐力。）

经过这漫长、炎热、口渴又令人沮丧的一天后，太阳沉入地平线，我们也收工了。没有人会在夜晚的荆棘林中跌跌撞撞地搜寻大象。白天在浓密丛林里追寻象群的踪迹就已经够难了，如果晚上继续追寻的话，无异于自杀。

我不情愿地叫停了今天的搜寻工作。回到家后，麦克斯趴在我脚边，尾巴敲打着地面。它似乎感觉到了我的沮丧，用湿漉漉的鼻子蹭我，以此示好。我抚摸着它宽厚的脑袋，回想着今天发生的事情。是什么让象群不得不冲破两道通电栅栏？为什么奥万博巡逻员们会在搜寻过程中犯下如此粗心的错误？为什么他们放弃了搜寻？

有些事情不对劲。

麦克斯的低吼声把我从思绪中拉回来。我低下头，看到它处于戒备中，抬着头，耳朵半翘着，盯着暗处。

然后，一个轻柔的声音叫道："姆库鲁。"

姆库鲁是我的祖鲁名字，字面意义是"爷爷"。祖鲁人尊敬长者，所以姆库鲁这个称呼是一种赞美。

是贝基。

"我看见你了。"我用传统的问候语说。

"您好。"他点点头，沉默了一会儿，好像在考虑接下来要说的话。

"姆库鲁，情况有点奇怪，好像有人在故意给我们制造麻烦。昨晚波玛附近有枪声，"他说，"大象们又喊又叫，疯了似的。好像还有一头被枪击中了。"

"嚯！"我用了祖鲁语中的惊叹词来表示我的惊讶，"但你是怎么知道这么重要的事的？"

"我昨晚就在波玛，"他回答，"我知道大象很值钱，所以昨晚留在附近观察。我不相信那些'外国人'。"我知道他指的是那些来自纳米比亚的奥万博巡逻员。

"然后，两头母象一起把树推倒在栅栏上，"贝基接着说，"它们力气很大。树重重砸下去，砸坏了栅栏。它们跑出去了。我当时很害怕，因为它们就从我身边跑过。"

"非常感谢，"我说，"你做得很好。"

贝基传达了信息后，满意地退回到暗处。

我重重地呼出一口气。这个信息可以解释很多事情。我飞快地思考着。一个盗猎者在波玛附近开枪，但他并不知道象群的存在。枪声会吓到象群，尤其是它们的前任首领母象和孩子在 48 小时前才被射杀。

不过，虽然我很喜欢贝基，但还是决定谨慎对待他对奥万博巡逻员的怀疑态度。非洲各部族之间往往有着很深的敌意，我知道祖鲁人和纳米比亚人的关系并不好，有可能是祖鲁族的工作人员利用这次逃亡的混乱来找奥万博族人的麻烦，这样，其他祖鲁人就能接替他们的工作。

但是，贝基的话无疑提供了新的思路。

11

　　黎明时分，我们驱车回到了前一天离开的地方。搜索队又钻入荆棘丛中，在地面上寻找踪迹。我决定和彼得一起从空中进行搜寻。随着直升机起飞，我凝视着脚下的非洲大地，这个地方处处留存着历史的痕迹。这里曾经是各种非洲野生动物的家园，但大部分动物被过度猎杀，有的甚至已经灭绝，许多幸存下来的动物也成了濒危动物。

　　现在，保护主义者们正在采取行动，关键是要让当地族群参与到环境保护和生态旅游中来，并让他们从中受益。说服人往往是一项艰苦、困难重重的工作，但这是一场必须进行并要取得胜利的斗争。部落间的合作是非洲保护工作健康发展的关键，而我们总是忽视这一点，结果让所有人都陷入困境。

　　我们沿着奈瑟利尼河向北飞行，但很难看清地面的情况。郁郁葱葱的树木可以藏得下一辆坦克。

　　不过，至少我们得到了一些新消息。野生动物局通过无线电告诉我们，他们收到了一份目击报告：昨天下午，象群追赶了一群在水塘边放牛的男孩，所幸无人伤亡。

　　我们现在已经得知了大象的确切位置。彼得把我放在搜索队附近，

◎ 协调搜索中。

我跳上了正在等待的路虎车。

很快，我们又接到了野生动物局的电话。象群改变了方向，正前往乌姆福洛济野生动物保护区。乌姆福洛济是野生动物局负责的主要保护区，距离图拉图拉保护区大约 30 千米。野生动物局给我们提供了一个大致位置。我们立即通知了直升机。

下午早些时候，彼得终于发现了象群。此时，它们距离乌姆福洛济保护区的栅栏只有几千米，可我们的地面搜寻队抵达这里还需要一些时间。象群正笔直前进。彼得知道他必须要在象群冲进乌姆福洛济保护区前让它们改道，一旦象群进入保护区的栅栏内，他就很难再让它们回头了。

从空中驱赶大象只有一种方式，而且画面并不好看。直升机必须径直飞向象群，直到它们掉头向相反的方向移动。目前，我们要做的就是让象群掉头转向图拉图拉保护区的方向。

彼得驾驶着直升机倾斜转弯，呼啸而下。直升机叶片哗啦作响，直直冲向娜娜。直升机从它头顶掠过，然后马上掉头，以同样的角度再次冲向它。直升机盘旋在象群面前，阻止它们继续向前。

这是一项非常艰巨的任务，需要顶级的飞行技巧、稳如磐石的双手，以及无比沉着的心态。如果飞得太高，象群就会从直升机下逃走。如果飞得太低，直升机就可能撞到树上。

此时，象群已经逃亡了 24 小时，精疲力竭。它们理应疲惫地回头，远离头顶嗡嗡作响的巨大直升机。99% 的动物大概都会这样做。

但象群不为所动。

直升机一次又一次冲向它们，娜娜和它的家人们却毫不屈服。每当彼得驾驶直升机贴着它们的头顶飞过时，它们就会卷起鼻子反抗。彼得用无线电告知我们这个情况后，我意识到我的象群确实不同凡响。也许是因为我偏爱它们，但它们真的与众不同。

最终，凭借出色的飞行技巧，彼得终于让象群屈服了。他一厘米一厘米地逼着象群转向，直到它们终于转向图拉图拉保护区的方向。然后彼得灵活地驾驶着直升机，仿佛一只在空中飞行的牧羊犬，引导着象群移动。

12

　　我内心终于平静了一点儿，相信一切都会好起来的。图拉图拉保护区的工人们花了一整天时间修补波玛和边界的栅栏，用无线电通知我一切都弄好了。我们必须在栅栏上打开一个入口让象群进去。但只有等它们抵达，我们才知道这个入口应该开在哪里。

　　在空中引导了几小时后，低空飞行的直升机终于进入我们的视线。这意味着象群马上就要到了。我告诉负责修栅栏的工人们，要迅速开好入口，让象群能够马上进入保护区。我默默地祈求疲惫的首领母象能带领象群径直走进去。

　　自从大象逃跑后，我终于再一次看到娜娜。它缓慢地穿过树林。直升机一直在它的头顶盘旋。我只能看清它的耳尖和隆起的背部，但这已经是我见过的最令人愉悦的画面了。

　　很快，象群出现在了我的视野中。它们迈着沉重的步伐，踏上公路。在距离栅栏入口十几米的地方，娜娜用鼻子试探了一下，停下了脚步。

　　气氛突然变得紧张起来。象群并没有因为疲惫而接受我们的安排，而是对我们满怀戒备。娜娜高度戒备，并以经典的防御姿势和它的家人们站在一起。它们面朝外围成一圈，臀部贴在一起，像车轮的辐条一样，冷静地守着阵地。彼得开着直升机在它们上方盘旋，试图引导它们向保护区进行最后一小段冲刺，但他的努力是徒劳的。

看到自己毫无进展，彼得放弃了，降落下来，没将飞机熄火就冲我跑来。

"我也不希望这样做，"他说，"但唯一可行的方法，就是我开着直升机升空，然后朝着它们身后开枪，逼它们前进。能把你的枪借给我吗？"

"不，我不喜欢这样……"

"劳伦斯，"彼得打断我，"我们已经耗了太久了。我不能明天再来一趟。现在是唯一的机会。你决定吧。"

我最不愿看到开火的场面，不愿让这些已经受到创伤的动物再一次忍受枪声的折磨。

但彼得说得对，我已经没有其他选择了。我解下手枪递给他。

彼得一言不发地接过去，又开着直升机升入空中，在象群身后盘旋。他开始对着地面快速射击，"砰、砰、砰"。

枪声的效果和扔湿纸团没什么区别，象群依然一动不动。这是它们表达立场的方式，它们是在画野分疆。

黄昏降临。夕阳照射出大象身体的轮廓，它们依然坚守着阵地。

我心如死灰。我们差一点儿就成功了。彼得开着直升机离开了，他用对讲机告诉我，天色太暗了，光线不好他就没法降落。他说，他会把我的枪送回图拉图拉保护区。

娜娜意识到"迫害者"已经离开了，便带领疲惫不堪的家人们转身走远，消失在茂密的丛林中。

我叹了一口气。明天我们还得从头来过，而且没有直升机帮忙了。

凌晨 4 点的闹钟还没响，我就起床了，想要早点出发。

第一缕曙光穿透黑暗时，我们已经找到了昨晚娜娜和它的家人们留下的足迹。这些足迹再一次指向北方的乌姆福洛济保护区。我们沿着足迹穿过荆棘丛，尽快前进。但象群领先我们 10 小时。

早晨的晚些时候，野生动物局来电告诉我，象群昨晚兵分两路，娜娜、两头小象和诺姆扎恩为一组，弗朗基和它的女儿、儿子为另一组，从相隔几千米的两个不同地点闯入了乌姆福洛济保护区。它们轻而易举地闯进了电栅栏，因为电线只接在了内侧。两组大象行进了 11 千米，然后在茂密的丛林中相聚。

这太神奇了。大象确实具有不可思议的交流能力。它们发出的隆隆声响的频率远远低于人类能够听到的频率，即使相隔千里，它们也能分辨出这种声音。许多科学家认为，大象是用巨大的耳朵接收声音，不过也有新的理论认为它们是通过脚来感知震动的。无论如何，大象等一些动物的某些感官能力远超人类。

在两组大象会合的地方不远处，有一栋圆形的祖鲁族茅草屋，这是野生动物局反盗猎部门的办公地点。护林员们感到脆弱的房屋颤动时，还在睡觉。那感觉一定和地震差不多。然后双层门的上层突然被撞开，他们看到一根象鼻蜿蜒着伸了进来。象群闻到了玉米面（祖鲁人的一种主食）的味道，决定拿走这份食物。结果它们拿走了所有的玉米面。象鼻像超大的吸尘器一样，在房间内四处扫荡，卷走了所有的玉米面袋子。护林员们被吓得躲在了床底下。

另外几头大象摆动着鼻子将窗户上的玻璃砸碎了。象群在寻找食物的时候，砸坏了家具，还扯走了一位护林员的夹克。这位护林员从被撞开的门框向外看去，小象一会儿踩着他的衣服，一会儿将衣服抛到空中，玩得不亦乐乎。

护林员们始终没有拿起武器，他们一生都致力于保护动物，只有在万不得已的情况下才会诉诸武力。虽然他们都被吓坏了，但情况还不算过于紧急。

狂暴的象群离开后，护林员们立刻通报了保护区总部。

黎明时分，乌姆福洛济保护区的经理彼得·哈特利决定了解一下情况。他远远看到象群，小心翼翼地徒步向前，试图接近象群。虽然他和象群还有一段距离，但弗朗基转过身的时候，还是闻到了他的气味。

大象通常不会直接冲撞人类，除非对方靠得太近。只听弗朗基一声怒吼，闪电般冲向彼得。彼得被吓了一跳，转身逃跑，不顾剃刀般的灌木丛会割伤自己。他跳上车，疾驰而去，5吨重的大象就在他身后几米处，如暴风雨般威胁着他的生命。

接到电话的时候，我还在树林里搜寻。对方让我赶快去乌姆福洛济保护区，与野生动物局负责人见面。虽然大象暂时安全的消息让我松了一口气，但我害怕听到它们被判处死刑的消息。

野生动物局的负责人说，如果他们事先了解象群来到这里会带来如此麻烦，绝不会批准我的申请。事实上，到目前为止，象群两次冲破电栅栏，追逐了牛群，袭击了护林员的住处，对抗了一架嗡嗡作响的直升机，并差点儿攻击到彼得。这明显意味着它们危险重重。让它们留在有村民定居的地方，风险实在是太高了。

这意味着象群将面临唯一的结局：被护林员射杀。

我决不能让这个结局成真，于是辩解说，象群逃跑只是我们运气不好，我们已经按照标准完成了所有准备工作。我还强调，只要象群能适应图拉图拉保护区，它们绝不会再惹麻烦的。我还特意强调，虽然它们已经逃亡了3天，但还没有伤害过人类。

我请求野生动物局再给我一次机会。

只有在万不得已的情况下，护林员们才会射杀动物。他们说，在目前这种情况下，娜娜一家的结局恐怕已经注定。护林员们有过类似的经历，不尊重电栅栏的动物们通常都是死路一条。

我知道他们说得没错，但我还是询问能否把象群带回波玛，看它们是否能平静下来。"如果两三个月后，它们还是不受控制，我们就别无选择了，"我严肃地表示，"我会承担全部责任。"

感觉过了一个世纪之后，他们才说愿意考虑一下。

14

第二天，我接到一个陌生人的电话，他自称是位动物商人。

"我听说你的大象群出了问题，"他说，"我有个完美的解决方案。"

"什么方案？"我问。

"我会买下你的象群，所有的大象。而且我会再给你另一群听话的大象，它们很正常，不会给你带来任何麻烦。"

"你是指马戏团的大象？"我无法掩饰语气中的讽刺。

"不是，当然不是。这些大象都是野生的，只是攻击性不那么强。而且我还给你两万美元。"

"你为什么还要倒贴钱？"

"如果你的象群留在这里，无论如何都会被射杀。如果我带走它们，它们会被安置在安哥拉的一处庇护所。那里没有人类打扰它们，至少它们可以活下去。"

这当然让我觉得不可思议。有人提出要永久解决我的问题，而我不仅能收回起初运输大象和修建波玛的费用，还能免费得到另一群大象。对方的条件确实很吸引我。况且我要是把象群从乌姆福洛济保护区运回图拉图拉保护区，就要再出一笔捕捉和运输费用。不接受他的提议，就得花出去一大笔现金。

"把电话号码留给我，我会再联系你的。"我说。

之后我仔细想了想，还是觉得不对劲。对方开出的条件实在太好了，好到不像是真的。我总是跟着自己的直觉走，直觉告诉我这里有猫儿腻。

事实上，我越想这位动物商人说的话，心里就越生气。理智的反应应该是感谢对方向我递来救命稻草，我却奇怪地感到暴躁。

之后我恍然大悟。这通电话让我意识到，尽管我几乎不了解这群麻烦重重的大象，但我已经和它们建立了联系，这让我意外极了。

过去几天让我意识到，即使是为了生态旅游，大象依然不会有举足轻重的作用。对猎人们来说，大象是用来练习射击的靶子，还能收获象牙。对当地人来说，大象是一种威胁。而对我来说，它们是一群正在逃亡、绝望而又迷茫的动物。没有人真正关心它们，哪怕这些动物的祖先已经在地球上漫步了很多个世纪。

为期三天的紧急追捕让我明白了一个事实，这些看似无比强大的巨兽其实就像婴儿一样脆弱。无论这群迷茫又困惑的大象去哪里，如果没有人为它们抗争的话，它们处境都是危在旦夕。就像现在这样，娜娜和弗朗基很可能会被处死。

我领悟到这一点后，一种几乎毫不理性的联系就建立起来，而且将会改变我的人生进程。无论它们是否愿意，我都觉得自己已经是象群中的一员了。生活让它们体会了残酷，而我决心尽我所能，修复它们遭受的创伤。

至少这是我欠它们的。

第二章

大象来到
图拉图拉

15

在绝望地等待了几天后，好消息终于来了。野生动物局同意让象群回到图拉图拉保护区，娜娜和弗朗基被赦免了。

但他们告诉我，如果象群再次逃脱，就会全部被当场击毙，没有再讨价还价的余地。这不是随随便便的威胁，我被告知，非洲最声名狼藉的 458 毫米大象步枪现在已经作为标准装备，分发给了该地区的所有护林员。

这是我最后的机会。

* * *

在等待象群回来时，我一直在思考，怎么才能让它们冷静下来。如果让它们离开波玛，在更广阔的保护区里自由漫步，就必须先确定它们已经适应了图拉图拉保护区。但是我们要怎么做呢？

野生动物局打来电话，说象群第二天就会抵达。

南非各地都有捕捉大象的活动，唯独夸祖鲁－纳塔尔省没有。乌姆福洛济的团队因捕捉白犀牛并让其免于灭绝而闻名，但他们并没有捕捉大象所需的重型设备。不过他们有一辆新的重型卡车，通常用来运输长颈鹿或几头大象。这辆卡车是否足够结实宽敞，装得下 7 头大象？乌姆福洛济的团队是否能在没有专门设备的情况下，将这些笨重的动物装进卡车？可以这么说，我的象群会成为他们的"小白鼠"。

好在乌姆福洛济的兽医戴夫·库珀是我的好朋友，他在国际上享有盛誉，是世界上顶尖的动物专家之一，而他将负责在运输中照顾象群。

捕捉总是在清晨进行，以免炎热的天气给动物带来压力。早上 6 点，一位经验丰富的神枪手乘坐直升机，带着麻醉枪去寻找象群。他的目标是让奔跑中的象群转向我们需要的方向。

飞行员看到象群后，降低了飞行高度，尽可能靠近地面。他让直升机左右摇摆，然后直直冲向已经发狂的象群，引导它们走向前方几百米处的一条土路。地勤人员开着运输卡车沿路疾驰，尽可能靠近被麻醉的象群。

神枪手装好镖枪，做好一切准备。飞行员用无线电向地勤人员报告了他们的位置。

这时，象群开始全速逃亡，迅速冲进丛林。哗啦作响的直升机叶片驱赶着它们前进。

突然，娜娜带着家人冲破树木的掩护，跑向了能够让枪手开枪麻醉它们的开阔区域。

飞行员开着直升机灵巧地转向狂奔的象群身后，这给神枪手提供了清晰的视野，使他可以看到大象们宽阔的背部。

啪！一颗 M99[①] 的铝制镖弹击中了娜娜的臀部。首领母象总是第一

知识拓展 🐾

[①] M99

一种为大象等大型动物定制的强效麻醉剂，主要成分为盐酸唉托酚。

个射击目标。随后，其他体形较大的大象也接连被击中。幼象最后被击中，以免被其他个头较大的家人踩踏或闷死。不过，娜娜的象宝宝体形太小了，神枪手没办法从空中开枪麻醉。这就需要戴夫在地面上将这头象宝宝麻醉了。

几头大象的臀部扎着鲜红的镖弹，但它们还在飞奔。每颗镖弹击中目标后，神枪手就迅速上膛，射出下一弹。他必须快速行动，每弹之间如果稍有延迟，昏迷的大象就会遍布丛林，让情况变得更加复杂。

最后一颗镖弹命中目标后，神枪手竖起大拇指。飞行员提升了直升机的高度。首先是娜娜，接着其他大象也摇摇晃晃地跪下，慢慢倒地。

就在这时，地勤人员驾驶着卡车赶到。戴夫急忙冲向娜娜倒下的地方。象宝宝曼德拉正紧张地站在母亲的身躯旁。它扇动着耳朵，竖起小小的鼻子，本能地想保护母亲。戴夫就位后，将一枚装着最低有效剂量麻醉剂的轻型塑料镖弹射入象宝宝的肩膀。

在曼德拉膝盖软下来后，兽医从附近的树上折下一根树枝，放在娜娜的象鼻末端，以保持它呼吸通畅，之后对其他大象也进行了同样的处理。然后他回到娜娜身边，把药膏挤进它裸露的瞳孔中，再用巨大的耳朵遮住它的眼睛，以免被阳光灼伤。

其他沉睡的大象也得到了同样的处理。他有条不紊地检查了每一头大象是否受伤，好在没有一头大象倒下时骨折，也没有韧带撕裂的情况。

地勤人员立即将运输卡车倒到娜娜身边。他们要先把首领母象装上车。首先，他们把娜娜双脚朝上吊在空中，然后放在卡车的后门，再由几队人一起将其推入卡车。之后，戴夫给它注射了一针 M5050^①，让它苏醒过来。

一头 5 吨重的大象四脚朝天，这可不是什么好看的场面。但这项工作被尽可能轻柔而迅速地完成了。不过，因为没有专业设备，这个过程耗费了更多时间。这时，一些没被装车的大象逐渐清醒过来。

被麻醉的大象一点点苏醒了，它们开始抽动鼻子，试图抬起头来。戴夫马上对大象一一检查，并通过大象耳朵里的大静脉给每头大象注射了额外的麻醉药。

等到整个象群都被装上车且苏醒过来后，卡车向图拉图拉保护区飞驰而去。动物们在 90 分钟的旅程中慢慢恢复过来。虽然娜娜还有点儿站不稳，但它还是带着家人回到了波玛。弗朗基跟在后面，一如既往地咄咄逼人。它们争取自由的努力，也许会导致它们对被囚禁的怨恨。我知道未来几个月对我们来说会很艰难。

知识拓展 🐾

① M5050
　　一种用来逆转麻醉药药效的药品，主要成分是地利洛非。

16

捕捉团队驱车离开时，一位护林员转身喊道："下次再见！"

这并不是礼貌的道别。显然，他认为象群会再次试图逃离，再次给他们带来麻烦，他也会再回来。但下次，他们就要动用真枪实弹，而不是镖弹。我太生气了，却想不出还嘴的办法。

第二天，那位动物商人又打来电话。这次他把报价提高了一倍，给出了 4 万美元。我再次搪塞过去。我无法动摇我的信念，坚信是命运把这些大象送给了我，也许有些事情就是命中注定的。

夜幕降临前，我驱车前往波玛。娜娜站在茂密的树林后，身后是它的家人。它凝视着我的一举一动，它的每一个毛孔都透露着对我的鄙夷。毫无疑问，它们迟早会再次试图逃离。

我当时就决定要和它们一起生活。我知道专家们一定会反对我的做法。我们一再被指示，为了保持大象的野性，人类与它们的接触必须保持在最低限度。这群大象已经和人类有了太多次接触，而且每次都很糟糕。如果说它们还有可能恢复正常，那么前提是我们必须采取不寻常的措施。既然我要利用好这最后一次机会，拯救它们的生命，那我需要按照自己的方式来。

当然，我会待在波玛外，但我会和它们一起生活，和它们说话。最重要的是，我会日夜陪伴它们。这些庞然大物正处于极度痛苦之中，而且迷失了方向。也许，只是也许，如果有一个关心它们的人一直陪着它们，它们就还有机会恢复正常。毫无疑问，除非我们尝试不同的方式，否则它们一定会再次逃离并被射杀。

归根结底，我们必须要互相了解，否则所有的希望都会落空。我们至少要让首领母象相信一个人，不然象群就会一直对人类抱有怀疑，永远不会安顿下来。

波玛离我家大概 5 千米。在弗朗索瓦丝的祝福下，我和护林员大卫把基本物资装上路虎车。这辆路虎将会成为我们的家，无论需要待多长时间。我把麦克斯也带上，它是我在户外的好伙伴，我知道它在大象身边也会表现得很好。

我们会 24 小时和大象一起住在丛林里，在车里打盹，或者在星空下伸懒腰。手表上的闹钟会提醒我们在栅栏周围巡逻。我们会一起分享寒冷的夜晚，在酷热的白天一起流汗。这一定会使我们身心俱疲，尤其是象群已经清楚地让我们知道，它们不希望我们出现在附近。

17

第一天，我们在大约 30 米远的地方观察象群。娜娜和弗朗基也盯着我们。一旦它们感觉到我们靠得太近，就会冲到栅栏前。

那晚，大卫的耳语把我吵醒了："快，栅栏那边有动静。"我踢开毯子，眨眨眼适应了夜晚的黑暗。我们穿过丛林，抵达波玛。刚开始我什么也没看到，过了一会儿，才看到耸立在我面前的巨大轮廓。

是娜娜。它站在距离栅栏大约 10 米的地方，它的宝贝儿子曼德拉站在它身边。

我眯起眼睛，寻找其他大象。尽管大象体形庞大，但在茂密的树林中，即使是白天也很难分辨它们所在的位置，更不用说晚上了。我看到它们都一动不动地站在黑暗中，就在娜娜身后不远处。

我看了看手表，凌晨 4：45。

娜娜突然绷紧了巨大的身躯，并竖起耳朵。

娜娜向前走了一步。"它过来了！"大卫大声喊道，"电线最好能拦得住它！"

我不假思索地站起来，走向栅栏。娜娜就在我正前方，这样一个庞然大物离我只有几米的距离。

"别这样，娜娜，"我尽可能平静地说，"别这样，好姑娘。"

它一动不动，但看得出来它很紧张，像是等待比赛开始的运动员。它身后的其他大象也愣住了。

"这里是你的家了，"我继续说，"别再跑出去了，好不好？乖。"

虽然我看不清它的表情，但我能感觉到它正盯着我。

"如果你再跑出去，他们会杀了你的。"我解释道，"这里就是你的家，你不用再逃亡了。"

这个场景的荒诞性让我不知所措。在一片黑暗中，我和一头带着孩子的母象说话，好像我们正在友好地聊天。而且这实在是太危险了。

不过我还是决定继续。我说的每一句话都是真心的，因为我需要娜娜明白我的意思。"如果你们再跑出去，就会死的。留在这儿吧，我会陪着你们的，这里真的很不错。"

娜娜向前走了一步。我能看出它更紧张了，而且准备全力以赴。如果它能忍痛把电线折断，栅栏就形同虚设。它一定会跑出去，弗朗基和其余大象也会马上跟着它，冲向外面的世界。

我很清楚我就挡在它们逃出去的路上。栅栏上的电线能稍微拦它们一会儿，但我只有几秒钟的时间用来逃跑，爬上附近的一棵树，否则它们会把我踩成肉饼。离我最近的是一棵长着尖刺的金合欢大树，大概在我左边 10 米处。我不确

定自己的反应速度是否足够快。可能不够。我已经不记得上一次爬上这样一棵带刺的树是什么时候的事了。

但我和娜娜之间突然发生了什么，有那么一瞬间，我能感觉到它对我有了一点儿认可。

但那个瞬间很快就消失了。娜娜用鼻子推了推曼德拉，它们转身退回了树林中，其余大象也跟着离开了。

大卫重重地呼出一口气。"我以为它准备好冲出去了。"他说。

我们点起小火堆，煮上咖啡。我没法告诉大卫刚刚我觉得自己和首领母象在一瞬间建立了联系，这听起来太疯狂了。

但我们之间确实发生了什么。

18

　　之后的每一天都一样。太阳升起时，象群开始绕着栅栏踱步。如果我们胆敢靠得太近，象群就会转身冲向我们，但会停在电线前。每当我们靠近栅栏时，它们的眼神都透露着纯粹的敌意和不安，我从来没见过其他动物出现如此凶猛的眼神。就算我们退到远处观察，它们依然会凶狠地瞪着我们。

　　因为象群被关在密闭的区域里，我们必须给它们提供额外的食物。这也是个不小的挑战。如果我们靠近围栏，扔几捆苜蓿进去，它们不仅不会吃这些食物，反而会冲着我们大发雷霆。

　　所以，我只能在波玛一侧引开象群的注意力，再让大卫把成捆的苜蓿从另一边的栅栏扔进去。象群一看见大卫，就会转身冲向他。大卫会后退几步，我马上从我这边把食物扔进去。象群再次向我冲来，大卫继续扔食物。只有当我们走远，大象才会吃东西。

　　毫无疑问，如果没有栅栏，象群会愤怒地杀死我们。它们对人类的仇恨太强烈了。我开始思考这些动物到底经历了什么，尤其是玛丽昂曾经对我说过，娜娜和弗朗基小时候曾和人类有过接触。但据我所知，它们并没有遭受过身体上的虐待，那是不是有更深层的原因呢？是它们曾被猎杀的祖先遗传下来的某种与生俱来的恐惧吗？是它们本能地知道人类会把它们囚禁起来吗？是因为人类让大象不能再像祖先一样进行横跨大陆的迁徙，所以导致它们不满？还是因为前任首领母象的死成为压倒它们理智的最后一根稻草？

我一整天都在观察它们，试图捕捉它们愤怒之外的情绪。现在看来，"二把手"弗朗基是主要攻击者，娜娜倒是平静一些。我能和弗朗基沟通吗？我不知道，但我希望自己能做到。

大卫和我每天要向电栅栏内送 900 千克的食物。仅仅一个星期，我俩都瘦了 10 斤，主要是因为出汗太多了。要不是我太担心象群，一定会因为这副好身材而开心的。

有一件事是可以肯定的，象群总是知道我和大卫在附近。我在波玛周围巡逻了好几小时，一边检查栅栏，一边故意大声说话，让它们听见我的声音。如果我引起了娜娜的注意，我会直视它，积极温和地和它交流。我一次又一次地告诉它，这里是它和它家人的新家，这里有它需要的一切。不过，一天中的大部分时间，我都会在栅栏附近固定的位置坐着或站着。我故意不理会它们，只是待在那里，什么也不做，什么也不说，表现出一副舒服的样子，无论它们是否在附近。

虽然进展很慢，但可以肯定的是，我们成了彼此生活中的一部分。它们开始"了解"我们，但我依然不确定这是好是坏。

每天早晨 4：45 似乎是它们打定主意要逃跑的时刻，这成为一种令人担心的仪式。娜娜会让象群站成一排，面对它们在姆普马兰加省老家的方向。娜娜会紧张起来，站在距离栅栏只有几米的地方。在这让人肾

◎ 弗朗基的儿子马布拉。与一头悲伤的大象面对面是非常危险的事。

上腺素①激增的十几分钟里，我会站到它面前，绝望地求情，告诉它现在这里才是它们的家。

我说的内容并不重要，因为娜娜显然听不懂英语。我尽力保持安慰的语气，让它放心下来。这样的交流充满不确定性，每当它和家人们一起返回丛林后，我总是大大松一口气。

太阳升起时，大卫和我回到车上。紧张的对峙让我们筋疲力尽，即

知识拓展 🐾

① **肾上腺素**

　　人体分泌出的一种激素。当人经历某些刺激（兴奋、恐惧、紧张）时，就会分泌出这种化学物质，能让人呼吸加快（提供大量氧气），心跳与血液流动加速，瞳孔放大，为身体活动提供更多能量，使反应更加快速。

使是在清晨的清风中，我们也会满身是汗。

　　大卫默默地在路虎车附近生起小火堆，放上咖啡壶。我俩都在思考接下来会发生什么。为什么我们已经提供了食物，它们还是充满攻击性？为什么它们这么讨厌我们？大象是很聪明的动物，它们现在肯定明白我们没有恶意了吧？我理解它们想要逃跑的心情，如果我被关起来，大概也会发狂……但它们的情绪还是有些异常。

　　我开始怀疑自己能否解决它们的问题。它们的恨意太强了，也许我们之间的障碍是无法被逾越的，也许它们已经受到了太多伤害。

　　关键是，我什么都不了解。

19

娜娜和弗朗基还是经常把树推倒在栅栏上，不过附近足以造成破坏的树已经全部被我们砍掉了。但它们还是在不远处的灌木丛中发现了一棵格外高大的槐树，并开始专心研究起来。起初我并不太担心，因为这棵树离电栅栏还有一段距离。但当树倒下来的时候，树枝"弹"了出去，顶部的几根树枝卡住了电线，并把电线拉扯到了极限。

电路短路了，伴随着大量的"噼啪"声。好在象群被吓跑了，而且电线并没有完全断开，还有电流通过。不过，大象应该很快就会察觉到这里是薄弱环节，并再度发起攻击。它们只需要把倒下的树再往前撞一点儿，电线就会断开。之后，就没有什么能够阻挡它们了。

我们必须迅速行动。我们考虑了所有选项后，很快意识到只有一个解决方法：必须有人带着锯子溜进波玛，把挂在栅栏上的树枝锯下来。

大卫自告奋勇。我从来没听说过这样的事：一个人要钻进关着7头野生大象的封闭电栅栏里，而且还没有快速逃生的路线。

我苦恼了一个多小时。难道我要让大卫去送死吗？

终于，我想出了一个计划，决定先一遍遍演练所有步骤，直到每个环节都没问题为止。大卫的性命就靠这个计划了。

首先，我们先不给象群喂食。等到象群真的饿了，我们会把成捆的苜蓿扔到离倒下的树最远的波玛边上，让它们远离大卫。

其次，我会在电机附近安排两位带着对讲机的护林员，负责开关电流。大卫爬进去的那一刻，我们会关掉电源。他一进入波玛，电源必须重新被打开，否则象群可能会感受到断电，并在我们锯树枝的时候逃跑。当然，这意味着大卫会和象群囚禁在一起，被周围 8000 伏的电压困住。

最后，一名护林员会担任我的"通信员"，负责传达指令，操作我的对讲机。我则拿着步枪待命。一旦大卫的生命确实受到威胁，我随时会开枪。

我们反复商量了好多次，尽可能做好万全准备。在我发出信号后，护林员们开始把食物扔进栅栏，希望象群能够专心进食，以便大卫完成工作。

当娜娜带着饥饿的家人冲向苜蓿大餐时，我看向大卫："你真的确定要这么做吗？"

他耸耸肩："如果我不去，我们就要失去这群大象了。"

"好吧。"我说。一想到他即将面临的巨大危险，我紧张极了。

我向身边的护林员点点头。他拿起对讲机，对负责电机的工作人员大喊："关闭电源！就是现在！"

大卫爬上栅栏。他一进去，我就把锯子扔过去，然后下达命令："立刻通电！"

电源打开了。大卫被关在波玛里。

我给步枪上膛，把枪管稳定在路虎车敞开的车门上，瞄准象群。

大卫背对着象群，手臂快速抽动，以锯断搭在电线上的树枝。而我一边盯着步枪的瞄准镜，一边解说着情况："一切都很好。没问题，没问题。你做得很好，对你来说，这是小菜一碟。再坚持一会儿……"

眨眼间，情况就发生了变化。弗朗基稍微落后于其他大象，它一定是听到了声音，突然抬起头来。

看到有人类闯入自己的地盘，它怒气冲冲地冲向大卫，像导弹一样迅速而致命。

"大卫，快跑！快点！切断电源！切断电源！快！快点！它冲过来了！"我喊道。

但电机附近的护林员并没有收到我的消息。弗朗基致命的冲刺吓到了我身边的通信员。他一动不动，完全被弗朗基全力冲锋的可怕景象吓呆了。

弗朗基像火箭一样向大卫冲来。大卫被困住了，匆忙爬过那棵被撞倒的树，抓住栅栏。5吨重的大象带着怒气，以不可思议的速度向他冲来。他只有几秒钟的逃生时间。我心急如焚，骂了句脏话，开始瞄准。我知道此时为时已晚，出了大问题了。我可以一枪击中弗朗基的脑袋，但它现在的速度接近每小时50千米。无论它是死是活，惯性都会带着它冲向大卫，而大卫会因此粉身碎骨。没有生物可以在一头大象的冲击下活下来。

我收紧扣动扳机的手指。在马上要扣下扳机的那一瞬间，我听到了我能想象的最污秽的脏话。

是大卫！他就站在我旁边，咒骂着那位没有及时转达"切断电源"消息的通信员。我猛地举起步枪，只见弗朗基冲出栅栏，从我们身边跑过，它的鼻子高高举起，耳朵张开，紧接着急忙转身避开电线。

我慢慢放下步枪，盯着大卫，说不出一句话。他刚刚爬过了2.5米高的电栅栏。但他的发抖并不是因为触电，而是因为愤怒。

我听说过人类在危险的情况下会做出不可能的事情，类似的故事太多了。但无论你的肾上腺素有多高，8000伏的电压都会将你击倒在地。这么高的电压足以阻拦一头几吨重的大象，更别提人类了。

但大卫确实做到了。尽管看似不可能，但他在疯狂逃命的过程中，应该恰好没有摸到那四根漏电的电线。

我们谁也不知道具体情况到底是怎样的。但有一件事是肯定的，如果大卫触电并向后倒去，无论我是否开枪，弗朗基绝对会踩到他身上。因为它离大卫太近，速度又太快。什么也救不了大卫。

大家一冷静下来，大卫就坚持要回到波玛内继续未完成的工作。之后，我们开车回到主屋进行必要的休整。

当天晚上，大卫和我回到象群身边。我们检查了波玛，并在路虎车上小睡了几小时。凌晨4:45，我听到栅栏附近有轻微的沙沙声。我知道和每天早晨一样，娜娜正在准备黎明前的突围尝试。我的心沉了下去。现在我已经知道它的具体位置了，就向它走去。曼德拉依然在它身边，其余大象跟在它们身后。

"别这样，好姑娘。"我说。

娜娜停下来，身体紧张得像一根弹簧。我一边喊着它的名字，一边求它留下来，语调尽量低沉。

它突然转身直面我，眼神里的愤怒一瞬间消失了。它眼睛里闪烁着别的感情，不一定是友好，但也不是敌意。

"这里是你的家了，娜娜。"我重复道，"这里很舒适，我也会永远陪着你。"

　　娜娜不慌不忙，仪态端庄地转身，慢慢远离栅栏。其他大象给娜娜让出一条通道，然后紧跟着它离开。

　　走了几米后，娜娜停下来，让其他大象先走。它以前总是第一个消失在灌木丛中，从未这样做过。它转过身来，再次直视我。

　　虽然只有几秒钟，但在我看来像是永恒。之后，它消失在灌木丛中。

20

　　我们刚开始和象群生活的时候，波玛外的野生动物们都很好奇，想知道我们是什么、我们为什么出现、我们在它们的地盘上做什么。无论我们走到哪里，都有数百双眼睛注视着我们，这让我有一种被监视的感觉。每当我抬起头，总有猫鼬①、疣猪②或者草原雕③在远处窥视，不愿错过我们做的任何事情。

　　很快，我们被当成了野生动物的一分子。大型动物已经习惯了我们的存在，并感觉到我们没有危险，开始在我们周围自由活动。住在这里

知识拓展

① 猫鼬
　　猫鼬是一种獴，又称沼狸，外形较像猫。

② 疣猪
　　这里指非洲疣猪，遍布非洲大陆（除了热带雨林和北非沙漠），是一种穴居动物。它们会像犀牛那样洗泥巴澡，用以消暑、降温和消灭身上的寄生虫。

③ 草原雕
　　分布在非洲和南亚地区，一般生活于草原和山脉。身体上半部为黄褐色或深褐色，有黑色的飞羽及尾羽。

的高角羚①及其族群通常都很胆小，会在距离我们30多步外的地方吃草，好像我们是风景的一部分。斑马和角马经常从我们身边走过，林羚②和薮羚也自由自在地在我们附近漫步。

但这并不意味着我们受到了绝对欢迎。狒狒们每天惯常去河边散步时，总会尖叫抱怨。我们在它们的领地中扎营时，它们毫不犹豫地表达了反对意见。狒狒首领坐在一棵纳塔尔桃花心树③上，露出匕首状的黄牙，隔着河谷咆哮："嚯！嚯！哈！""呔！呔！"它为了守卫自己的领地而发出的吼叫一直回荡在河床上。对它来说，我们永远是入侵者。

那是晚春季节。鸟儿鸣叫着，向所有愿意倾听的生物倾诉它们的故事。它们形状大小各异，羽毛却是非洲独有的鲜艳色彩。蛇类，包括致命的黑曼巴蛇④，在烈日下寻找阴凉。我最喜欢的蛇是一条岩蟒⑤，住在水沟旁边的一堆巨石间。它还很小，不到1.5米长。看着它那橄榄色和

知识拓展 🐾

① 高角羚
一种中等体形的羚羊，分布于非洲东部和南部。主要在昼间时段（除了正午最热时段之外）活动，夜间休息。

② 林羚
一种栖息在沼泽地的羚羊，它们为了逃避豹及野狗等掠食者，会潜入水中。

③ 纳塔尔桃花心树
原产于非洲和亚洲的也门，经常用作景观行道树，种子可食用，树皮、根、叶和种子油可药用。

④ 黑曼巴蛇
分布于非洲撒哈拉以南，常于地面活动，平均身长约为3米，是当地最长的毒蛇。

⑤ 岩蟒
即非洲岩蟒，一种无毒蟒蛇，主要分布于非洲南部，是非洲体形最大的蛇类。

褐色相间的身体在地面上起伏，是一种非常特别的体验。

还有一只我们取名为威尔玛的树皮蛛①，身长只有2.5厘米，住在路虎车的对讲机天线上。虽然威尔玛个头很小，但精力绝对充沛。每天早晨，它都会在天线上织出新的3米宽的蜘蛛网。这张网简直是工程奇迹，这是一个黏性超强的陷阱，能牢牢抓住任何不幸飞入其中的昆虫，包括10厘米长的天牛②。威尔玛会慢慢吸食它们。第二天早晨，它会把前一天的网吞噬掉。

有时候我们需要去波玛的最远端检查。每当我们启动车辆时，威尔玛就会紧紧抓住它刚刚织好的网，一副惊慌失措的样子。最后，我们总是可怜它，改为步行。

黄昏时，昼行的动物们都去它们认为最安全的地方睡觉。保护区空荡荡的，但这只是暂时的。在非洲星光的照耀下，这里很快就会被夜行动物占领。疣猪给假面野猪③让位；巨型雕鸮④取代了草原雕和

知识拓展 🐾

① **树皮蛛**

全名达尔文树皮蛛，是目前已知的可建构最大圆网的圆网蜘蛛，其网结构的总横幅可达25米。该物种被发现于马达加斯加的安达西贝－曼塔迪亚国家公园，2009年以生物学家达尔文的名字为其命名。

② **天牛**

属于天牛科，包括多种害虫。幼体会钻进木材里破坏林木，以及破坏木制建筑物。

③ **假面野猪**

分布于非洲东部与东南部林地及沼泽地区，面部和耳朵的上部颜色较浅，激动时鬃毛颜色会变深，随着年龄的增长，全身毛色会从红棕色变到深棕色。

④ **巨型雕鸮**

一种大型的猫头鹰，适应力很强，较大的个体分布在极地附近，较小的个体分布在接近赤道的地区。

猛雕①，无声地扇动翅膀，在天空中侦察，然后俯冲向肥硕的丛林鼠；火颈夜鹰②在半空中捕捉昆虫；成千上万的蝙蝠在空中疾行；婴猴③是最可爱的动物之一，它们长着可爱的小身体和大眼睛，趴在树枝上尖叫。

鬣狗是我最喜欢的动物之一，它们会潜伏在黑暗中的小路上，寻找晚餐。"噫，噫，噫！"它们嚎着，用狂躁的叫声标记自己的领地。早晨，我们经常发现附近有巨大的脚印，像是鬣狗留下来的。显然，鬣狗在晚上仔细观察了我们。

我们会用射灯观察这些夜行动物，不过灯不会开太久。一直开灯不是丛林里该有的习惯，灯光会吸引昆虫，昆虫会吸引青蛙，青蛙会吸引蛇。我们唯一常亮的光源是篝火。

一天早晨，我们醒来后发现路虎车附近有豹子的尿液。公豹在我们睡觉的地方标记了它的领地。这是猫科动物惯用的标记信号，意思是这里是我的地盘。

我们站得远远的，以便让我有足够的时间研究象群。随着时间一点点过去，我能发现它们逐渐安定下来了。现在，我们喂食时可以接近栅栏，不会再被愤怒的象群冲撞。而我也开始被它们各自的怪癖所吸引。

知识拓展 🐾

① 猛雕
    又称战雕，是非洲最大的鹰，猛雕属中唯一的成员。

② 火颈夜鹰
    分布于欧亚大陆、非洲北部及中南部。

③ 婴猴
    一种小型的夜行灵长目动物，特征为大眼睛和大耳朵，强壮的后肢与长尾巴，以昆虫及其他小动物、水果和树汁为食。

娜娜身材高大，占据主导地位，十分重视自己作为首领母象的职责。它最大限度地利用波玛的每一寸土地，标出最合适的遮阳点和避风点。它对喂食的时间也了如指掌，清楚地知道我们什么时候给水塘和泥池添水。

弗朗基是自封的象群监护人。它总是快乐地脱离象群，高昂着脑袋全速向我们冲来，并无缘无故地瞪大眼睛盯着我们。

娜娜的小象宝宝曼德拉是个天生的丑角。它滑稽可爱的动作总是把我们逗乐。每当妈妈在身边时，它还常常假装要向我们冲刺。

马布拉和马鲁拉是弗朗基的孩子，一头是 13 岁的公象，另一头是11 岁的母象，它们总是安静乖巧，很少会离开母亲太远。

娜娜的大女儿南迪长得和母亲一模一样，它更独立一些，经常自己去四处探索。

◎ 弗朗基和马布拉。

◎ 成年的马布拉正在休息。

　　还有前任首领母象的儿子——年轻的诺姆扎恩。母亲去世后，它从"王子"被贬为"外人"，不再是象群内部的一员。它大部分时间都独自行动，或者待在象群的边上。这是大象几百年来的生存之道。象群是由母象主导的，公象一旦接近青春期，就会被驱逐出象群。年轻公象被赶出家庭的痛苦总是让人心碎，不过，它们通常会幸运地遇到其他被驱逐的年轻公象，并在一头聪明的年长公象的指导下，成立一个松散的单身象群。

　　只不过我们的象群里没有能充当诺姆扎恩的父亲角色的公象。此时的诺姆扎恩正承受着失去母亲和妹妹的痛苦，同时被唯一熟悉和喜爱的家庭所冷落。到了喂食时间，娜娜和弗朗基会粗暴地把它挤到一边，它只能在其他大象吃饱后吃些残羹冷炙。

我们发现它的体重在逐渐下降，所以大卫会特意给它多喂点儿吃的。诺姆扎恩的感激情态让人不忍多看。大卫特别关照它，每天都会多给它喂一些苜蓿和新鲜的槐树枝。

有天晚上，我们听到一连串长久高亢的尖叫声。由于威尔玛正在路虎车上织网，我们只能跑步到波玛的另一边。只见娜娜和弗朗基把年轻的诺姆扎恩逼到角落，还把它推搡到电栅栏上。这说明了诺姆扎恩在象群中的超低地位。

"快看，"我们刚刚跑过去，大卫便气喘吁吁地说，"它们把诺姆扎恩当成撞锤，想利用它强行撞开栅栏。"

确实如此。诺姆扎恩被夹在电线和凶神恶煞般的母象之间。每当电流穿过它幼小的身体时，它就会忍不住叫起来。听得出，它的叫声越来越嘶哑了。而且它越是尖叫，另外两头母象越是推它。

我们准备出手干预，但还没确定好要怎么做。它们突然放开了诺姆扎恩。这头可怜的小象马上逃跑了，在波玛里全速绕圈，大声嚎叫着，宣泄它的愤怒。

最后它冷静下来，找到一处安静的地方，尽可能远离其他大象。它站在那里生着闷气，痛苦至极。

这次事件明确地表明，娜娜和弗朗基完全明白电栅栏的工作原理。它们知道，如果能强迫诺姆扎恩推倒电栅栏，它们就能毫发无伤地逃跑。

尽管发生了这件事，但让我万分欣慰的是，让人担心的黎明巡逻活动已经停止了。娜娜不再带领象群在北部边界出现，用逃跑威胁我们。

虽然困难重重，但在共同相处的几个星期里，我们之间的关系似乎变好了一点儿。

　　但我完全想不到接下来会发生什么。

第三章

发现隐藏的
盗猎者

21

这一天天亮后不久，我一抬头，看到娜娜和小曼德拉站在我们营地前的栅栏旁。以前从来没出现过这种情况。

我一站起来，娜娜就扬起鼻子，直直盯着我。它的耳朵是垂下来的，说明它很平静。直觉让我决定过去找它。

丰富的经验告诉我，大象更容易接受缓慢而慎重的动作。所以我从容地向它们走过去，途中时而停下来拔一根草，时而检查一个树桩，就这样保持着缓慢前行的节奏。我需要让娜娜习惯我走到它面前。

在距离栅栏大概 3 米远的地方，我停下脚步，凝视着正前方的庞大身躯。然后，我慢慢向前迈出一步，接着再缓缓迈出一步，又一步，直到我距离栅栏只有两步远。

娜娜始终没有动。我突然觉得自己被一种满足感笼罩。现在我就站在这头曾经脾气极为暴躁的大象面前，只隔着两步远的距离。它此前还想着要杀死我，但此刻我第一次觉得自己很安全。

我沉浸在幸福之中，完全被这个高贵的庞然大物所吸引。我第一次注意到它浓密而结实的睫毛，它皮肤上成千上万条交错的褶皱，还有它的断牙。它温柔的眼神让我沉醉。接下来发生的事情几乎像是慢动作，它轻轻地把鼻子伸向我。我看着它的鼻子，仿佛被催眠了，好像这是世界上最自然的事情。

大卫的声音在我身后响起："老板！"

然后他的声音更响亮："老板！老板，你干什么呢？"

他呼喊声中的急切情绪打破了我身上的咒语。我突然意识到，如果娜娜抓住我，我就死定了。我会像个布娃娃一样被拽进栅栏，然后被这头大象踩成一团烂泥。

我本应该后退的，但身体没有动。那种奇怪的平和感又出现了。

娜娜再一次伸出鼻子。我明白了，它是想让我靠近一点儿。我不假思索地靠近栅栏。

娜娜将鼻子蜿蜒穿过栅栏，小心翼翼地避开电线，触碰我的身体。时间仿佛静止了一般。它轻轻地抚摸我，鼻尖的湿润和身上的麝香味出乎我的意料。过了一会儿，我抬手抚摸它长长的鼻子的顶端，又伸手轻轻地抚摸了它的毛发。

这场邂逅结束得太快了。娜娜慢慢收回鼻子，又站着看了我一会儿，才转身离开，回到象群中。象群聚集在它身后 20 米处，它们一直注视着我们的一举一动。弗朗基走上前迎接娜娜，好像是在欢迎娜娜归队。这太有意思了。我不确定，也许弗朗基是在对娜娜说："好样的。"之后，我走回营地。

"刚刚是怎么回事？"大卫问我。

我沉默了一会儿，依然陶醉其中。然后我的回应脱口而出："我不知道。但我知道该把象群放出来了。明天一早，咱们就把它们从波玛放出来，让它们进入保护区。"

平静下来后，我才意识到我们要做的事有多艰难。如果我的决定是错的，象群就会冲出主保护区，然后被射杀。我开始重新考虑我的决定。但晚上最后一次巡视栅栏时，我注意到象群比以前更放松、更平静，好像它们能预料到即将发生特别的事情似的。这让我感觉好了点儿。

*   *   *

早上5点，一位巡逻员从电机棚发来无线电消息，告诉我波玛的电源已经被关掉了。大卫把门口笨重的横杆抬起来。

此时的娜娜站在距离栅栏大概45米的地方。我叫它的名字，并在入口进进出出了几次，向它展示入口已经打开。然后大卫和我站在附近的蚁穴顶上，俯瞰情况的同时，与入口保持着安全距离。

20分钟过去了，什么也没发生。之后，娜娜慢慢走向入口，用鼻子感知着已经不存在的障碍，然后才满意地带着象群前进。但它走到半路就停了下来，不愿再往前走了。

10分钟过去了，它还是站在那里，一动不动。我问大卫："怎么回事？它为什么不走出去？"

"一定是因为入口前面有积水。"他说，"它们来的第一天，我们为运送的卡车挖了一条壕沟，里面全是雨水。我觉得它停下来，是因为水沟对曼德拉来说太深了。"

紧接着，我们第一次目睹了娜娜作为大力士的一面。

入口两边立着两根2.5米高、20厘米宽的桉木柱子，下端有0.7米固定在混凝土中。娜娜用鼻子检查了一下这两根柱子，然后低头猛地一拽。柱子就像瓶塞一样被拔出地面，连混凝土地基都塌陷了。

我和大卫顿时呆若木鸡。"起重机都没法把那两根柱子拔出来！"我说，"而昨天我还让娜娜碰我了！"

绕过壕沟，路便畅通了。娜娜不再浪费时间，急忙带着象群沿着一条野路直直冲向河边。我们眼看着茂密的灌木丛"吞没"了它们。

我希望我的决定是正确的。

22

我把大卫送回露营区，然后自己开车去奥万博巡逻员的小屋，告诉他们最新的情况。

我开出大概90米后，恩东加冲上来，挥舞着手臂。"快，安东尼先生！关掉引擎，保持安静。"他悄声说，"前方大约35米处有一只豹子，就在右手边。"

我将车子熄了火，眯着眼看向丛林。树丛确实大得能藏下一只豹子，但豹子大多是夜行动物，如果正午有豹子出没，实在太不寻常了。

我用余光看到一位奥万博巡逻员从屋后走出来，他一边朝恩东加点了点头，一边用一块抹布擦手。觉察到我的视线，他马上把抹布塞进口袋里。

一直蹲在车旁的恩东加站起身来说，一定是路虎车把豹子吓跑了。

"我们已经把象群放出来了，"我告诉他，"让你们所有巡逻员都去寻找它们的踪迹。还有，检查一下外围栅栏，确保电源保持畅通。再仔细检查一遍周围，确保栅栏附近没有任何树木。我不希望大象再把电线弄短路。"

"我们已经检查过了，"恩东加回答，"也砍掉了栅栏附近所有树木。"

上次象群逃出波玛时，他们也是这样说的。我不想再冒一次险。

安排完后，我开车回家，周围的灌木丛饱满又茂密。尽管这看起来很美，但茂密的树林会让象群更难被追踪。我们需要时刻知道它们的具体位置，以防它们再次逃跑。

我刚进门，弗朗索瓦丝就告诉我，领班巡逻员恩圭尼亚要见我。

他坐在护林员宿舍外的一根树桩上，显然不想被人看到。我走过去和他打招呼。

"我看见你了，恩圭尼亚。"

"您好，姆库鲁。"

随后，我们聊了聊象群和异常潮湿的天气，然后他说："姆库鲁，我们都知道最近正在发生奇怪的事情。"

"比如什么？"

"比如，图拉图拉保护区的盗猎。"

我愣住了。我一直沉浸于照顾象群，完全忘记了盗猎的事情。

"最近我听到一些奇怪的消息。"恩圭尼亚继续说，"最奇怪的是，大家都在说恩东加就是射杀动物的人。"

"什么？"我涨红了脸，"你怎么会提出这么严重的指控？"

恩圭尼亚摇摇头，好像他也不敢相信自己刚刚说的话。"恩东加负责射杀公鹿，其他奥万博巡逻员和门卫菲尼亚斯负责剥皮。有时候会有一辆不开车灯的卡车来取走鹿肉，有时候是恩东加亲自把肉带进城里。"

"你是怎么知道的？"

"大家都这么说。还有，我听说其他奥万博巡逻员不太高兴。他们在村里抱怨说自己做的都是苦力活，恩东加却不给他们钱，只给肉，还不是好肉。他们大概只能拿到头和胫骨。我听到的就是这些。"

"这种情况持续多久了？"

恩圭尼亚耸耸肩。"可能从你来的那天就开始了。但我最近才发现这件事，所以就来找你了。"

"谢谢，恩圭尼亚，干得好。"

"最近很危险，"他站起身，"不能让奥万博人知道我和你说过这些。保重，姆库鲁。"

"再见，恩圭尼亚。"

我呆坐在那里，惊骇不已。这是个可怕的指控。我才知道盗猎者已经杀了那么多动物。如果恩圭尼亚说的是真的，那就是我的员工在用我的步枪偷猎我的动物。

就在这时，大卫过来告诉我，电工已经到了。既然现在大象已经离开波玛，我们想让电工彻底检查一下电栅栏的情况。我们刚坐上路虎车，对讲机就响了，是恩东加。愤怒让我紧张起来。我的巡逻员队长可能是无辜的，虽然我没法直接下定论，但恩圭尼亚刚刚说的话还是让我深感不安。

"我们在北部边界找到了大象。"

"太好了，"我回答说，尽量不让语气太过愤怒，"盯着它们，我们马上过去。"

看来象群出现在最远端的边界是有道理的，但这个消息令我心寒。北方是它们老家的方向。难道它们还是决定突围吗？

23

恩东加说得没错，工人们已经砍掉了所有可能会倒在电栅栏上的树木。狭窄的车道被开辟出来，改造成了一条大路，以便让工作人员沿着边界进行反盗猎巡逻和维护检查。这样，我们在远处跟踪象群时，就很容易让它们保持在我们的视线范围内。

娜娜正沿着栅栏前进。它把鼻尖放在顶端电线下方，感应电流的强度。在其他大象的陪伴下，它几乎走遍了整个保护区长达 30 千米的边界。它是在用自己的"天然伏特表"检查哪段栅栏没有通电。

这花了象群大半天的时间。不过我还是松了一口气，因为除了检查是否有断电的地方，娜娜并没有试图触碰栅栏。它并不打算忍痛撞开栅栏。

象群即将巡视完毕时，我们突然看到前面的电栅栏旁有一棵孤零零的大槐树。它就像一座纪念碑一样光秃秃地立在那里，不知道为什么恩东加的清障队没有看到它。

大卫和我知道接下来会发生什么。

果然，娜娜和弗朗基看到那棵树后停了下来，然后大步走去仔细检查。

"不要，娜娜，不要！"我喊道。但它们站在槐树两边，已经开始推着树测试阻力。毫无疑问，它们打算把树推倒。如果我们要阻止象群逃跑，就得靠近一点儿。幸好附近有扇门。我们马上冲出保护区，开上栅栏另一边的公路，直接来到栅栏外侧。

树根"吱吱"作响，娜娜使劲撞向槐树。"砰！"树干被劈落在栅栏上。支柱倒塌了，电线也短路了。我顾不得潜在的危险，马上冲过去抓住电线，检查是否还有电流。就像我担心的那样，栅栏的电流已经断了。

我们真的遇到了麻烦。

"不要，娜娜，别这样！"我喊道。我和象群之间只有一团没通电的电线和被压扁的支柱。我的声音因为绝望而沙哑："别这样！"

电线短路的"咔嗒"声和"啪啪"声吓到了娜娜。它急忙后退了一步，但这能拖住它多久呢？

好在电工也在场。在我向激动的象群求情时，他和大卫开始工作了。娜娜、弗朗基和其他小象距离他们不到 10 米，但两人冷静地解开乱成一团的电线，把树砍断移开，重新连接电缆，把支柱立起来，通上电。

同时，我继续和娜娜说话。我一直喊它的名字，并一再重复这里是它的家。

我说话的时候，娜娜和我至少保持了 10 分钟的眼神交流。

仿佛被这一场闹剧搞糊涂了，娜娜突然转身回到灌木丛中，其他大象也跟了上去。我们终于松了一口气。

这时我才意识到，我根本没有考虑用步枪解决问题。我和象群的关系确实加深了。

我还意识到一件事。当大树被推倒的时候，奥万博巡逻员们像受惊的兔子一样跑开了。我觉得很奇怪。难道他们真的害怕大象吗？在野外，

如此有经验的巡逻员不该有这种恐惧的。

然后我才恍然大悟，第一次看清了局势。这些人根本不是护林员，而是会直接开枪的士兵，并且对动物保护知之甚少。象群第一次逃跑的时候，我就怀疑过为什么本该是最了解动物追踪的奥万博人，却把我们引向了错误的方向。现在我明白了。

阳光逐渐照在我们身上，一切都明朗起来。巡逻员们就是盗猎者，恩圭尼亚说得没错，他们就是那群一直射杀公鹿的人。他们最不愿意看到的就是图拉图拉保护区出现一群野生大象。

由于没有与大象打交道的经验，更不用说这群难以预测的大象根本难以应对，他们马上意识到，如果周围有一群愤怒的庞然大物，盗猎生意就没法继续了。原因很简单：大部分盗猎都发生在晚上，有了这群喜怒无常的大象，盗猎者要么非常勇敢，要么非常愚蠢，才敢在漆黑的灌木丛中行动。这无异于自杀。他们需要设计一场象群逃跑的戏码，才能维持盗猎生意。

我目前还没有确凿的证据，但真相的拼图似乎已经完整了。我突然想起来贝基曾经告诉过我，象群第一次逃跑的那晚，波玛里传出过枪声。会不会是有人故意开枪，以此惊吓象群，让它们狂奔？

现在我也明白了为什么一开始栅栏上的电线被安反了。还有，今天早上的小屋附近绝对没有豹子出没。我敢打赌，他们当时正在屠宰非法猎杀来的动物，我的意外到来差点令他们的行径被撞破。恩东加不得不想办法分散我的注意力，好让其他人有时间藏好证据。这也是为什么那个护林员从房子后面出来的时候，在用抹布擦手。因为他的手上沾满了血迹。

栅栏边那棵孤零零的树又是怎么回事呢？这可能是他们留下的最明显的线索。一切都太巧合了，肯定是故意设计好的。

我落进了他们的圈套。

我们不仅被背叛了，更重要的是，象群现在正处于危险之中。

24

开车离开的时候，我把一切都告诉了大卫。他和我一样愤怒。我说，我们需要把最好的护林员安排在奥万博人身边，24 小时监视他们的一举一动，以防他们再射杀任何动物。这样做也能为我们搜集确凿的证据争取一些时间。

第二天一早，我们就动身去看大象在做什么。它们正在保护区中间吃草，离栅栏非常远。诺姆扎恩在离象群大概 90 米的地方，从一棵小槐树上扯叶子吃。我们慢慢开车接近象群，直到能够看清它们。我数了数，一共 7 头。大象们都在，被高草堆和茂密的树丛包围着。它们嘴里塞满

◎ 象群在草地上享受宁静时光。

食物，就像生日派对上的小孩子。

这一幕的宁静让我们觉得之前做的一切都值得了。在经历了所有的压力、戏剧性转折、危险和挫折后，这群极具攻击性的大象们终于在它们的新家平静地生活了。至少目前是这样。

"它们在探索，也很喜欢现在的景象，"大卫说，"这里一定比它们以前待过的地方都要好。"

我点点头。也许，只是也许，我们让它们提前离开波玛的赌注得到了回报。

25

一天早晨，我决定花点时间和大象们待在一起，确保它们已经安顿下来了。

开车大约 1 小时后，我发现它们在河边一棵巨大的无花果树下乘凉。虽然天色还早，但气温已经接近 38℃。我停下路虎车，蹑手蹑脚往前走，躲在它们下风向大概 45 米处的一棵漆树^①后。大象们一动不动，只是轻轻扇动耳朵，尽量让自己凉快一点儿。

诺姆扎恩离我大概 20 米。它感觉到了我的存在，稍微向我靠近了一点儿。它继续吃草，但时不时抬头看我一眼。它似乎更喜欢我的陪伴，而不是其他大象。它也没有试图向象群警告我来了。

诺姆扎恩特别健壮。它身材匀称，象牙粗壮，很快就会成长为一头杰出的成年公象，成为这片土地的主宰。然而它现在只是一个迷茫失落的少年，还在为母亲的死而心痛。

知识拓展 🐾

① 漆树

又名马鲁拉树，分布于撒哈拉以南的非洲及马达加斯加。其果实马鲁拉果可用于提炼精油和制作护肤品。

在它身后，娜娜发现了一棵繁茂的纸皮槐树，认为这是最适合一家人的午餐。娜娜轻轻地推了推树，试探着分量；然后调整角度，低下头，用"推—放—推"的动作，积攒了足够的势头。小树剧烈摇晃着，被甩到最大的弧度。最后，娜娜用力一推，小树就倒了下去。其余大象从容走过去，开始享受这顿盛宴。

树倒下的声音让周围安静了片刻。我注意到附近的薮羚一家都竖起了耳朵。公羚羊闻到了空气中的气味，本能地知道发生了什么。一旦大象离开，薮羚就可以大口享受槐树多汁的顶叶，不然它们永远也够不到树顶的叶子。在干燥的冬季，放牧条件变差，羚羊群通常会在大象身后跟几天，等待首领母象推倒一棵树。

噪声也惊动了一只巨大的非洲鬣蜥[1]，它正在河边一棵开着红花的矮瓣豆树[2]上偷袭鸟窝。这只一米长的黑灰色爬行动物受到了惊吓，从高高的树枝上跳下来，在空中扭动着，腹部朝下跌进了河里。

我脚边的狗狗麦克斯听到了水花的声音。它一定是把鬣蜥当成了蛇，而它总是有难以抗拒追逐和攻击蛇的冲动。我还没来得及抓住麦克斯，它就飞快地跑进了芦苇丛中。那条河里有鳄鱼。冲进河里对于大型动物来说都等于是自杀，何况是一条狗。稍后麦克斯跑出来后，像洒水车一

知识拓展 🐾

① 非洲鬣蜥

分布于非洲，大多体小尾长，以昆虫为食。

② 矮瓣豆树

一种林地树木，豆科开花树种，原产于非洲赞比西河以南。非常适合在温暖的地区作为遮阴或观赏树木，被广泛种植在公园里。花朵上的花蜜丰富，以能吸引各种鸟类和昆虫而闻名。

样甩着身上的水滴。我严厉地训了它一顿。

这一切都没有影响到大象。娜娜、南迪和曼德拉站在倒下的树的一侧，弗朗基、马鲁拉和马布拉站在另一侧。它们有条不紊地把树叶和树皮在嘴中混成一团，用动物王国中最强力的臼齿咀嚼。我不禁注意到，大象总是本能地分成两组。虽然它们已经成为一家人，但每组大象都是不同大象家族中的幸存者，而它们的其他家人都已经被残忍地出售或处决了。

风向变了，我知道大象现在能闻到我的气味了。我需要马上移动，以防它们向我冲来。起身的时候，我看到娜娜的鼻尖突然倾斜并向我转动，它应该是捕捉到了我的气味。它后退几步，举起鼻子，确认气味，然后转头面向我。

娜娜朝我走来的时候，我正拿着望远镜和水瓶，与麦克斯一起爬进路虎车。象群其余成员跟在娜娜的身后。我有足够的时间开车离开，但我不敢相信娜娜正朝我走来。通常情况下，它会匆忙带着家人往相反的方向走去。

我把车开到一个方便逃命的位置，稍稍稳定自己的紧张情绪，然后静静等待。在距离路虎车仅仅几米的时候，娜娜稍微改变了方向，绕过了车辆。其他大象依旧跟在它身后。经过的时候，每头大象都转头盯着我。弗朗基走在队伍的最后，张着耳朵，冲我猛地摇头。

突然，弗朗基脱离队伍，发出尖厉的嚎叫声，像卡车一样快速冲向我，耳朵大张，鼻子高耸。我本能地意识到它只是在模拟冲刺。我能做的最糟糕的事情就是开车离开，但这样反而会鼓励它，甚至可能引发真实而严重的冲撞。它愤怒地拍打着耳朵，最后在一片扬起的灰尘中停了下来，离我只有几米远。我故作镇定，它却怒气冲冲地甩了一两次头，然后跺着脚回到象群中，尾巴还愤怒地高耸着。

我盯着它，不知所措。大象冲刺是世界上最让人惊叹的场面之一，就算我已经见过很多次，依旧心有余悸。恢复思考能力后，我意识到今后必须谨慎对待弗朗基。它脾气暴躁，太渴望发泄自己的怒气。虽然娜娜是首领母象，但弗朗基更危险。

26

　　我继续跟着象群，荆棘刮花了路虎车的油漆。直到灌木丛变得越来越错综复杂，我才掉转车头回家。

　　电话响起的时候，我刚刚灌下一瓶冰水。又是那位野生动物商人，他再次打电话催促我把象群卖给他。挂电话前，我问了他所在的公司的名字。然后，我给大象管理者和所有者协会的玛丽昂打电话，问她是否听说过这位商人。

　　"他确实是注册过的野生动物经销商，完全合法。"她告诉我，"但我听说他已经把象群预售给了国外的一家动物园，所以我才急着把象群送到你那里。他现在对我很不满，正试图把象群要回去，好履行他们的合同。如果你把象群卖给他，它们就会生活在痛苦之中。更何况那家动物园只想要象宝宝，所以两头成年象可能会被射杀。拜托，请不要和他交易。"

　　"好的，你可以放心，"听到真相，我终于松了一口气，"我不会让大象们离开这里的。"

　　我给那位野生动物商人打电话，礼貌地告诉他不要再联系我了。

　　他听了我的话很惊讶，犹豫了一下才开口道："别让我老板知道我跟你说过这些——被射杀的那头前任首领母象并没有那么糟糕，我觉得它只是想带象群找到更好的水源和牧草，所以才不停地冲撞围栏。它只是在尽自己的义务。"

我放下电话，仔细思考商人刚刚说的话。前任首领母象只是在履行对家人的义务，却付出了生命的代价。他们甚至一并射杀了它的宝贝女儿。我不由得怒火中烧，难怪象群受到了创伤。

27

我决定与菲尼亚斯当面对峙。他不仅是看门的巡逻员，而且是盗猎者之一。我相信如果他得知面临着被送进监狱的风险，一定会决定站在我们这边，成为我们的关键证人。我的猜测是正确的。

菲尼亚斯头垂在胸前，毫无预兆地开始抽泣。显然他一直为此良心不安。他对之前的行为供认不讳，不但给我道了歉，还把盗猎团伙的全部细节都告诉了我。他准确地说出他们射杀了哪些物种，总共射杀了多少只动物，以及射杀的具体时间。他们的行动规模让我感到震惊，奥万博人至少屠杀了 100 只动物，相当于几吨肉和几千美元的价值。

那天，我们一直在询问菲尼亚斯指认的其他员工，搜集了更多的证据和口供。我们肯定可以起诉了，但我决定等一等，看看会不会有其他新线索。

我手下的巡逻员们搬进了奥万博人附近的宿舍，大卫成了恩东加的"新朋友"。我也随时和恩东加通话，询问奥万博人的去向。我在灌木丛中举行会议时，也会突然造访奥万博人的住处。他们不再有机会单独行动，因此也没有机会盗猎。

由于我们的监视，奥万博人晚上会溜到村子里的非法小酒馆喝酒。

他们喝得越多，说得也就越多，甚至公开吹嘘他们的盗猎行为。当然，我们事先在酒馆安排了线人。很快，我们完成了起诉的准备。我们开车去恩潘盖尼，与两名资深警察见了面，把事情的全部经过告诉他们，并上交了所有的宣誓证词。他们说这个案子很容易解决。

下午 5 点整，两辆警车抵达保护区。大卫和我把他们带到奥万博人的小屋，但已经晚了，所有奥万博人及其个人财物都已经消失。他们一定是看到我们来了，所以逃进了丛林。我们不可能在天黑前逮到他们。

警察说，他们会对逃跑的巡逻员发出全境通缉。目前他们只能做这些了。

回家后，我把所有情况都告诉了弗朗索瓦丝。我们走到外面，看着血红的太阳慢慢落入一望无际的山丘后。保护区看上去很宁静，但这也许是我的想象。自从奥万博人离开后，整个保护区的气氛好像变了，仿佛一股特别邪恶的力量已经被清除了。

28

之后，图拉图拉保护区终于找到了自己的立足点。

象群不再试图逃跑，盗猎问题也基本得到解决。我知道，我们永远无法杜绝盗猎行为的发生。在非洲，无论采取多少措施，总会有人朝高角羚或者麇羚开枪，只为能有顿饭吃。

自从买下图拉图拉保护区后，我第一次可以专注于最重要的任务：运营一个非洲野生动物保护区。

这样的生活虽然艰苦，但很有意义。我们的每一天从黎明开始，没有周末，而且一不小心就会失去时间概念。我们每天要检查和修补栅栏，维修道路，还要修剪过于茂盛的丛林，否则道路就会被挡住。除此之外，我们还要清点动物数量、评估草地、检查和维修水坝、维护防火设施，并进行反盗猎巡逻。不仅如此，我们还要和周边的族群维护好关系，另外再完成其他一百多项事务。但这是一种美好而又单纯的生活，其间点缀着恰当的危险和冒险，让我们时刻保持警惕。

* * *

我尽可能长时间地和象群待在一起。虽然它们离开波玛只有短短 3

◎ 我和武西（左）、贝基（中）、恩圭尼亚（右）。

个星期的时间，但附近各种美味的植物让它们的体重明显增加了。

我总是和它们保持感觉舒适的距离，并尽可能让自己融入附近的环境中。这样，我对它们有了更多了解，包括它们最喜欢的水塘和食物。

有时候事情会出乎意料。有一次，我以为象群离我很远，于是走下车用新手机打了个电话。说不上为什么，我下意识转头看向身后，弗朗基居然就站在我身后20米处，其他大象也跟着它。

我冲回路虎车，猛地拉开车门，跳上车。匆忙之中，我把新手机掉在了地上。但我别无选择，心想只能等着它们离开，再去把手机取回来。

没想到，这时手机突然响了，铃声像口哨一样刺穿了原野。象群停下脚步，几乎同时走向异响的来源。弗朗基走到手机旁，用鼻子试探着那块塑料，想弄清楚这嗡嗡作响的到底是什么东西。其他大象也凑过去。我看着这幅奇异的画面：7头大象冲着丛林中一部铃声大作的手机晃着鼻子。

最后，弗朗基忍受不了了，用力抬起脚，朝着手机使劲踩下去。铃声停止了。

象群悠闲地漫步离开。当它们终于走出我的视线范围后，我才敢去取回手机。它已经嵌进了土里，我不得不把它撬出来。手机外壳的透明塑料部分已经碎了。

我试着输入一串号码，居然听到了电话接通的"嘟嘟"声。手机竟然还能用。

第四章

我和我的
野生动物朋友

29

　　奥万博巡逻员们离开后，很多动物重新出现在保护区。我无论走到哪儿，都能看到林羚、薮羚、角马群和高角羚，还有许多小型野生动物四处乱窜，无所顾忌。在我买下保护区前，猎人会对任何移动的生物开枪。第一年，盗猎者便开始行动。他们会用上百万瓦特的聚光灯照瞎羚羊的眼睛，无论白天黑夜，只要遇见就会冲它们开枪。难怪只要有车经过，羚羊就会受惊。现在我才理解，那时候，哪怕只是汽车发动机的声响，也足以让整个保护区陷入恐慌。

　　此前，我唯一一次真正有机会欣赏图拉图拉保护区的野生动物，是大卫和我在波玛外露营的时候。现在的情形完全不一样了。几乎在一夜之间，保护区发生了巨大转变。鬣狗在晚上变得更大胆，我们甚至还看见过豹子、猞猁和薮猫。动物们越不害怕，我们就越能经常看到它们的身影。最让我难以置信的是，不知道为什么，动物们似乎知道盗猎者已经离开了。

　　我们欣喜地发现，虽然有盗猎行为，但几乎所有的本土动物都还保持着一定数量。整个保护区现在真正焕发了活力。我们也是一样。

◎ 护林员正在丛林里散步，这也是游客最爱的项目。

一天早晨，我去寻找大象的踪迹。弗朗索瓦丝和我一起坐上四轮越野摩托车，她的手臂紧紧搂住我的腰。我们开车穿过奈瑟利尼河的浅水区，来到一个高处的瞭望点。

我们在河边下游的茂密丛林中看到了象群的踪影，离我们刚刚经过的路线很近，当时我们和它们应该只隔了 50 米左右。没能早点看到它们，让我心里有点不安，尤其是我还带着弗朗索瓦丝。我突然产生了一种摆脱不掉的焦虑感。通常情况下，如果象群在我附近，我是能感知到的。

"它们又出现了。"我指了指。只见大象一字排开，逐渐进入我们的视野，距离我们大约 1.5 千米。

"它们要走了，"我说，"我们给它们一点儿时间过河，然后就可以去追它们了。"

大约 10 分钟后，我们骑车下山。我把摩托车慢慢开进悠悠流淌的河水中，到达对岸后，又迅速驶向河岸的最高点。

我突然意识到我们被巨大的灰色阴影包围了，我们骑进了象群正中间！我完全没想到大象正停留在河流渡口附近吃草，我原以为它们会继续前进的。我感到一阵惊恐。我坐在一辆小小的摩托车上，被一群 5 吨重的暴脾气哺乳动物包围着。我在它们面前简直太渺小了，四周没有任何保护，而且弗朗索瓦丝还和我在一起。我喉咙一紧，大脑飞速运转。我怎么才能逃脱这个困境？

最糟糕的是，我们无意间隔开了马鲁拉、马布拉和它们的母亲弗朗基。两头小象在我们身后惊慌失措，开始大声嚎叫。如果有什么能让危险的困境变得更糟，那就是横在一头好斗的母象和它受惊的象宝宝之间。

我们有麻烦了，还是个大麻烦。

30

娜娜在我们右边几米处，高举着鼻子向我们走来，充满了恶意，但走了几步又退了回去。这已经够吓人的了。但真正的问题是它身后的弗朗基。

我疯狂地掉转摩托车，想要逃离，但河岸太陡，而摩托车转弯需要的范围太大，我们被困住了。

我尽量用正常一些的声音对弗朗索瓦丝说："我想我们有麻烦了。"没想到我的声音听上去还是很沉稳的。我最过意不去的是把弗朗索瓦丝置于这样的境地。

此时的弗朗基正气势汹汹地从灌木丛中倒退出来，想转身向我们冲刺。我把手枪递给弗朗索瓦丝，万一我发生不测，她还能保护自己。当然，手枪在庞大的大象面前就像一个玩具，但至少它可以作为最后的求生手段，开枪可能会分散弗朗基的注意力。

然后，我停住摩托车，面向弗朗基。它正向我们冲来——快速、愤怒，足以致命。我默默祈求着这只是一次模拟冲刺，并绝望地寻找它只是想把我们从小象身边吓走的迹象，这种迹象的关键在于它是否在扇动耳朵。但它没有。弗朗基向后折耳，并卷起鼻子，以承受它撞向我们时产生的巨大冲击力。我越来越恐惧了。

卷起的象鼻意味着弗朗基动用了全身力量，这次它要动真格的了。意识到这个可怕的事实后，我的感官也敏锐起来。我听到有人在远处的村庄里敲打，声音近得仿佛就在耳边。同时，我看到高空中有一只正在飞翔的鹰。我惊叹于它的优雅，好像我很悠闲似的。

弗朗基飞驰而来，它庞大的身躯挡住了一切。我把双手高高举过头顶，开始对它大喊。我竭尽全力叫喊到最后一刻，试图平息它的怒气。

就当我以为死定了的时候，弗朗基的耳朵突然舒展开了。它停下脚步，放下鼻子。不过，巨大的惯性还是让它直接冲到了我们的摩托车上。它站立在我们上方，用它的小眼睛怒视着我们。我不由自主地一屁股坐下，僵硬地抬头看向弗朗基喉咙下面皱巴巴的皮肤。它沮丧地摇摇头，将刚刚奔跑时沾满全身的厚厚红色灰尘甩了我们一身。然后它后退了几步。

马鲁拉和马布拉从它身边跑过。弗朗基对我们摆出两三个威胁的姿势，然后转身离开，和它的女儿、儿子一起回到丛林中。

我从车座上缓缓下来，看向弗朗索瓦丝。她紧闭着双眼。我轻声对她说，已经结束了。我们两个人静静地坐着，恐惧到什么也做不了，什么话也说不出来。

不知道过了多久，我终于有力气重新启动摩托车，朝着象群消失的反方向开去。我们穿过丛林，这里现在一片沉寂，好像鸟儿和树都知道刚刚发生了什么。

回家后，我把我们的遭遇告诉了工作人员。"难以相信你居然还活着，"大卫吹着口哨对我说，"弗朗基一定是有意识地放了你们一马。你觉得它为什么会这么做？"

这是个好问题。大象一旦铆足势头冲刺，很难停下来。我还是不敢相信弗朗基在最后一刻选择放弃。那明明是一次真正的致命攻击，它为什么会在最后关头切换成模拟冲刺了呢？没听说有过这样的事。

第二天，我骑上摩托车，回到我们差点出事的河岸，想弄明白是怎么回事。尽管我努力回想，依旧想不起来弗朗基冲刺的那个关键时刻的细节，仿佛我的大脑不愿再忆起当时的恐怖场景。

于是，我重走了一遍昨天的路线。我骑着摩托车在河岸上徘徊，仔细回想着每个细节。我记得它冲刺的时候，我站在摩托车上，冲它大喊。但对于喊了什么，我的大脑依然一片空白。突然我回想起了当时的情景——我喊的是："停下来，停下来，是我！是我！"

仅此而已。

对着一头冲刺的大象喊"是我"，听起来相当可笑，何况这头象群中最具攻击性的母象是在保护自己惊慌失措的象宝宝们。然而这句话却让它停了下来。我意识到弗朗基当时应该认出了我是曾经待在波玛的那个人。直到现在我都坚信，它之所以放过我们，是因为在我把它们从波玛放出来的前一天，它看到了首领母象和我互动。

31

保护区的栅栏出过无数次问题，引发的原因很多，比如，雨水太多会让电线短路；雨水太少会影响电力传输；闪电常常会击中栅栏导致断电；还有在栅栏下挖洞的鬣狗、假面野猪和疣猪也会损坏电线；有时候，电流甚至会莫名其妙地断掉。这一切都加大了让大象好好地待在保护区的困难。

这并不是说它们还试图逃跑。但如果娜娜走到边界附近，发现栅栏没有电，会发生什么？我们要怎么办？因为我们不知道答案，所以在每天黎明和黄昏的时候，必须检查保护区 30 千米长的栅栏。只有确定栅栏电路正常运作后，我们才会睡觉。

但是现在，不仅电源断电了，连我的路虎车也发动不起来，而且天也快黑了。

"没事的，"大卫说，"我去开拖拉机。"

我看向"老贡达"——这是为我们服役了 20 年的拖拉机的名字。它很靠谱，驾驶它可以完成这一任务，但是前灯坏了，很难让我们在黑暗中行驶 30 千米。天色太黑，伸手不见五指，我们什么也看不到。除非我们能靠星星辨别方向（前提是星星没有被云层遮挡），否则几分钟就会迷路。可是，所有的夜行动物能清楚地看到一切，包括我们。

虽然我不太愿意，但大卫还是跳上"老贡达"出发了。他离开后，我才发现他忘了带对讲机。

我正试图在远处的边界寻找大卫的手电筒灯光，却听到了一声低沉的吼声，然后是沙哑的咆哮声。我浑身发冷，麦克斯也愣住了，警惕地盯着黑暗之中。

我又听到了咆哮声。是一头雄狮！保护区里没有狮子，它一定是从外面闯进来的。

我又听到另一只狮子正吼叫着给出回应。那是一种令人毛骨悚然的咆哮声，并且震耳欲聋。也就是说，保护区内至少有两只狮子。吼叫声正好是从大卫摸黑开车的路上传来的。狮子们一定是趁断电的时候，从栅栏的破损处闯进来的。

黑暗中，保护区的每个生物肯定都听到了狮子的吼声，那就像是死神的召唤。

我想象娜娜呆呆地站着，耳朵张开，鼻子扬起，在空气中嗅着声音的来源，担心象群中小象的安危。它的举动会发生变化，正如保护区的一切也正在发生变化。

如果狮子们带来太多麻烦，就会被护林员猎杀。有时候，狮子会逃出乌姆福洛济动物保护区。它们突袭牛群，在村子里制造恐慌。逍遥法外的狮子完全掌控着一切，因为它们很难被追捕，而且它们知道牛和其他牲畜是最容易得手的猎物。

我喜欢狮子，但我希望这对狮子能去别的地方。我非常担心大卫，如果他一直开着拖拉机，噪声和尾气会在一定程度上确保他的安全。但

他正在排查电力故障，检查是哪里出
了问题，所以必须下车沿着栅栏步行，
有时甚至要走很远。我知道他带着一
个小手电筒，但没带步枪。在丛林中
手无寸铁地前行，附近还潜伏着狮子，
这听上去太疯狂了。我希望他也听到

了狮子的吼叫声，但"老贡达"的动静太大，我不敢确定他是否能听到。

我们得去找他。我给正在宿舍休息的护林员贝基打电话，让他带上
我的步枪，再多带些子弹。我并不打算在黑暗中行进，不过，栅栏外侧
有一整圈粗糙的土路，我们从那里走应该是安全的，毕竟狮子们在保护
区内。

然后我们又听到了那令人毛骨悚然的吼声。声音离我们很近，也许
只有一两千米。狮子一定闻到了拖拉机的气味。它们能闻到人类的味道
吗？它们到底有多饿？它们有可能好几天没吃东西了。

第二只狮子咆哮着回应第一只狮子。这次的声音更近了。

贝基和我紧紧攥着步枪，开始慢跑。这已经是我们在黑暗中最快的
行进速度了。就算有手电筒，在夜间的丛林中行走依然困难重重。虽然
被石头和树根绊了许多次，但我们完全没在意，因为我们现在唯一的目
标是先于狮子们找到大卫。

跑了大约 3 千米后，我们看到一束昏暗的灯光正在闪烁。确认那是
大卫后，我们兴奋极了。他站在栅栏的一个缺口处，"老贡达"就停在
他身旁。

我本来要大声警告他，但他抢先开口了。

"狮子！大狮子！"他指着栅栏的缺口喊道，"它们是从这儿进来的。我没敢让拖拉机熄火，怕它们靠近。到处都是它们的踪迹。"

　　我顿时松了一口气，感到大卫真是智勇双全。"把拖拉机留在这里过夜，我们从外面的小路一起走回去。"

　　我们填好狮子在栅栏下挖的洞（这就是电线短路的原因），并把电线推上去，重新恢复了电流，把狮子困在保护区里，然后才走回家。

　　第二天一定会很有趣的。

32

丛林中的生存法则规定只有黎明后才能打电话。太阳还没升起来，我就马上给公园委员会的分区护林员打电话。

"你们是不是丢了两只狮子？"我问。

"没错，"他回答，"前天有两只狮子跑出去了，在几个村子附近造成了混乱。它们一直在流动，应该是朝你的保护区方向去了。你见到它们了吗？"

"它们都在图拉图拉，"我说，"你要来接它们吗？"

"我们这就出发。"

图拉图拉保护区的所有工作人员都被告知要格外谨慎，各工作小组也被送回家了。我们的员工没有与狮子打交道的经验，所以不会冒险。

在等公园委员会工作人员到来的时候，我又出去找象群。我跟着它们的踪迹，不久就发现新鲜的大象粪便和狮子刚刚留下的脚印距离不过几米。象群和狮子们的路线交错过，但它们没有真正的危险。象群对于狮子来说太有挑战性了，无论狮子有多饿，也不会轻举妄动。前提是小象没有乱跑。

我找不到象群，所以折返回家。我站在门前的草坪上，盯着丛林，想起去年的那次惨痛教训。当时一头正在捕食的母狮，径直朝乌姆福洛济的高级护林员克雷格·里德冲去。克雷格·里德与怀孕五个月的妻子安德里亚正在骑马。因为那头狮子突然冲向他们，导致克雷格的马受到惊吓，狂奔出去。于是，母狮锁定了安德里亚，直直追向她。

安德里亚是个骑马高手，在丛林中全速驰骋。马儿也嗅到了危险，不用指令就向前飞奔。然而安德里亚的脚不小心脱离了马镫，使得她从马鞍上滑了下去。

就在即将摔到地上的那一刻，她设法用手抓住了马镫。马儿在母狮的紧追不舍下疾驰着，拖着安德里亚穿过丛林。安德里亚惊恐地看着母狮越来越近，直到抵达她的脚旁。她认命地松开了手。母狮却越过摔倒在地的安德里亚，把爪子伸向那匹马。

这时，克雷格已经成功地让他的马转向，骑马追了上去，疯狂地对着空中开枪，想要吓跑母狮。幸好，安德里亚虽然满身伤痕，受到了惊吓，但并无大碍。四个月后，她生下了一个漂亮的男孩。

这个事件给我们的教训是，我们始终要绝对尊重这些庞然大物。

我匆忙吃完早餐，和贝基的团队会合，从狮子进来的缺口处开始，沿着它们留下的踪迹展开追踪。

追踪了几小时后，狮子的踪迹消失了。我们注意到天空中没有秃鹫盘旋，这就意味着狮子晚上并没有大开杀戒。否则的话，喜欢在动物尸体上空盘旋的秃鹫就会给我们一个大致的方向。

公园委员会的人员抵达这里的时候，我们已经在保护区搜寻了两天。我们总是找到一些踪迹，然后又走入死胡同。最后，在检查栅栏的时候，我们终于发现一处电线底下有个大洞。狮子们已经从这个大洞离开了。后来，我们听说它们已经回到了乌姆福洛济。

33

　　大象是地球上体形最大的哺乳生物。南白犀^①紧随其后，重达 3 吨，它们的角是盗猎者垂涎的目标。3 头南白犀刚刚被送到我们保护区，其中一头母犀牛在镇静剂的作用下还有些昏昏欲睡，摇摇晃晃地落在其他两头犀牛后面。这就出现了一个大问题：大象就在附近，而它在不知不觉中直直朝象群的方向走去了。我们必须得拦住它。

　　我最不想做的事就是劝阻一头庞然大物改变方向，何况它浑身肌肉、长着长角，而且还没从镇静剂中恢复过来。我用无线电通知大卫，让他拿上几大袋马饲料，开着路虎车到飞机跑道南端找我。在等他来的这段时间，我观察着这头距离我只有十几米的迷人动物。它正晃晃悠悠地前进着。别看它四肢短小笨拙，却是能在很短的时间内发动不可思议的高速冲刺。而且，它身上的"铠甲"几乎可以抵御除了子弹以外的任何攻击。

知识拓展 🐾

① 白犀

又称方吻犀，是现存体形最大的犀牛之一，分为北白犀和南白犀两个亚种，分别产自非洲中部和南部的草原。2018 年 3 月 19 日，最后一头雄性北白犀死亡，目前确认的北白犀仅剩两头雌性，饲养于肯尼亚的奥佩杰塔自然保护区内。南白犀现存约 1.8 万头。

它头上有一根一米多长的角，宏伟极了。此刻它蹒跚向前，完全不知道我的存在。

我又小心翼翼地观察逆风而行的象群。我听到身后有一阵轻微的动静，转身一看，只见诺姆扎恩一边朝着飞机跑道走来，一边研究着空气中的味道。

真倒霉！它一定是闻到了犀牛或者我的气味，所以才慢慢朝着我们的方向走来。

大卫终于到了，把车停在我身边。他从车上跳下来，让引擎空转着。

"我们得想办法让诺姆扎恩和象群离犀牛远一点儿，"我指着那头晕头转向的犀牛说道，"它们距离太近了，我真的不喜欢现在这个情况。"

"马饲料应该能稍微把诺姆扎恩拖住一阵子。"他回答。

"是，但我们的气味可能会把其他大象也引过来。我们得尽快用路虎车护住犀牛，挡在犀牛和任何好奇的大象之间。不过我们得先让诺姆扎恩改道。"

大卫跑到路虎车旁，拿出一大袋马饲料并打开，然后将其放到车尾处，在一旁蹲了下来。"希望它们喜欢吃这个。"

"我们很快就能知道了。"我说完，坐进驾驶座，慢慢朝诺姆扎恩开去。

这是一件非常严肃的事情。通常情况下，只有在犀牛挡道时，大象才会与它们起冲突。现在犀牛确实是挡道了。新来的南白犀还没有摆脱镇静剂的药效，也许会不小心撞到诺姆扎恩或象群。这种情况下任何事情都有可能发生。

我们的计划是先用高蛋白美食诱惑诺姆扎恩，让它的注意力从昏昏沉沉的犀牛身上转移开。然后把饲料撒成一条小路，把它引到尽可能远的地方。大卫倒饲料的时候，会处于完全暴露的状态，距离一头兴奋的大象只有几米远。诺姆扎恩虽然还年轻，但它的体重已经重达 3 吨半。这真是一项危险的工作。

我从诺姆扎恩面前开过，然后倒车回到它呆呆站着的地方。看得出，汽车的入侵已经让它有点暴躁了。大卫倒出一些饲料后，我再把车开出去一小段距离。诺姆扎恩却无视美食，继续沿着飞机跑道走向犀牛。

"继续倒车！"大卫手里拿着饲料袋大喊，准备继续倒，"这次再靠近一点儿。"

"再近点，再近点！"大卫不停地喊道。我小心翼翼地把车倒向小象诺姆扎恩。

诺姆扎恩并不喜欢现在的情况，猛地抬起头，咄咄逼人地转向我们，耳朵大幅度张开。

"再往后倒一点儿就行……"大卫无视诺姆扎恩的警告。当我觉得距离已经太近的时候，大卫迅速把袋子里的饲料全倒出来。我马上把车换到一挡，缓缓向前开去。大卫已经撒出了一条长长的饲料小路，引向远离犀牛的方向。

诺姆扎恩看我们离开后，才逐渐放松张开的耳朵，垂下鼻子，闻着地上的饲料颗粒。它往嘴里塞了几颗，没过几秒就像贪吃鬼一样大快朵颐起来。我们的计划奏效了。

"这能拖延它一阵，如果其他大象也往这个方向走，饲料也够用。"大卫说着从车尾钻进副驾驶，把麦克斯推到我们座位中间。

我看向其他大象。它们正在 40 米开外吃草，但一瞬间，娜娜将鼻

子扬了起来。大象的嗅觉就是这么灵敏，就算在上风向，也能闻到空气中荡漾的细微气味。

其他大象跟在娜娜身后，朝我们走来，并不断地在空气中嗅着气味的来源。现在，犀牛的一侧是象群，另一侧是诺姆扎恩。而且象群并不是排成一竖列走来的，那样还更容易应对一点儿。娜娜和弗朗基在中间，弗朗基的女儿和儿子在左边，娜娜的儿子和女儿在右边。

那头晕乎乎的犀牛还藏在树林里，就在它们的正前方，而且它已经安静下来休息了。这让它更容易受到正在靠近的大象的伤害。

大卫又爬到车尾。这次他打开两袋饲料，准备再次撒出一条饲料小路。

随着我倒车，大卫迅速倒好饲料。象群闻到了食物的味道，谨慎地朝我们走来。弗朗基的孩子们——马布拉和马鲁拉停了下来，闻着这奇怪的气味。娜娜和弗朗基领着南迪和曼德拉，慢慢沿着路虎车留下的饲料小路前进。

在这么紧急的情况下，路虎车突然熄火了。我想尽办法也没有重新发动起来。好在车后窗一直没有玻璃。虽然娜娜几乎要压在大卫身上了，但大卫还是把他胖胖的身体从狭窄的空隙中挤了进来，四肢都蜷在一起，落在了副驾驶座位的麦克斯身上。

现在大象就在我们身边。我们被包围了。

好在象群是冲着饲料来的。两头成年象把余下的饲料从后备厢里拖出去，试图把袋子踩开。弗朗基没能扯开饲料袋，便用鼻子抓住袋子的一角，把袋子扬到空中，正好向正在睡觉的犀牛所在位置的反方向飞去。饲料袋在我们头顶至少飞了 30 米才重重落地。这袋饲料有 100 多斤，弗朗基只用鼻尖抓住袋子，就扔出了令人赞叹的高度和距离。

象群冲向破掉的饲料袋。在它们忙着饱餐一顿的时候，我们偷偷溜下去修好了路虎车，原来是燃油线断了。我们很快重新发动了车子。知道象群喜欢吃马饲料后，我用对讲机安排其他人多准备一些，铺好一条美味的饲料小路，引导象群远离犀牛。

34

    然而，我们与诺姆扎恩的交涉就没那么幸运了。它好像盯上了那头犀牛，没多久就对地上的饲料残渣失去了兴趣，朝着犀牛躺着的地方走去。

    除了拦在它们中间，让诺姆扎恩尽可能远离犀牛，我们没有其他任何办法。要知道，公象不喜欢被迫做违背自己意愿的事情。想到这儿，我心头一紧。虽然诺姆扎恩还是头小象，却能轻易把路虎车推开。

    我开车经过诺姆扎恩身旁，来到昏昏欲睡的犀牛面前，用没熄火的车拦住诺姆扎恩。它当然可以绕过我们，所以我们的计划是一直开车保持在它的正前方，让它能够远离犀牛。我们希望它既能明白我们的意思，又不觉得自己被干涉。我们可不想和它产生冲突。

    诺姆扎恩走过来，在距离我们大概 10 步远的地方停下来，警惕地看着我们，用大象的智慧评估着眼前的形势。正如我们所料，它绕着汽车转了一大圈。棘手的事情来了，它不仅靠得太近，而且意识到自己被拦住了。

    "等等。"我轻声说，并把路虎车慢慢往前移，挡住诺姆扎恩。

    它又停下来，这次距离我们不到 5 米，然后改变了方向。我跟着它倒车。我们一动起来，它就张开耳朵，转过头来直面我们，像是在接受我们的挑战。诺姆扎恩昂首挺胸，咄咄逼人地向我们迈出一步，气氛骤然紧张起来。

"别这样！诺姆扎恩！别这样！"我从打开的车窗对它喊道，并确保我的声音中传达的是友好而不是愤怒甚至恐惧的情绪，"别这样！"

它再次向前一步，耳朵好斗地展开，尾巴竖起。显然，它不是在和我们玩闹。

"别这样！诺姆扎恩！别这样！"我又喊了一次，马上倒了半圈，不让它靠近，"别这样！"

我瞄到犀牛醒来了。它跌跌撞撞地站起身，准备离开。我松了一口气，现在我们有了更大的空间。我把路虎车掉头，直面这头喜怒无常的大象，我们之间的距离只有不到 10 米。

诺姆扎恩开始摆动前脚，这是它要冲锋的信号。我不假思索地踩下离合器，让车短暂地冲向它，然后再冲一次。我是在向它挑战。

"喔！"大卫抓着仪表盘说，"它冲过来了！"

我们为不可避免的冲锋做好了准备，但诺姆扎恩突然变换了方向，扬着鼻子跑远了。我必须把优势完全发挥出来，所以马上跟在它后面，把它赶进茂密的丛林中，并看着它一点点消失。

"好险啊，"大卫深深呼出一口气，"幸好它还没成年。"

他说得没错，正因为诺姆扎恩年轻，我们才有优势。计划起效了，犀牛毫发无伤。我们在犀牛附近安排了一位护林员，并指示他，如果大象回来了，马上给我们打电话。

我出发去找诺姆扎恩，希望与它和解。

35

几个月后的一天晚上，我们正睡得香甜，突然被比茹的咆哮声吵醒了。比茹在法语中是"珠宝"的意思，它是弗朗索瓦丝养的一只马耳他小贵宾犬①。比茹享受着特权生活，这是麦克斯和我们的另一只狗佩妮无法企及的。它可以选择想吃的食物（甚至是牛排），和我们一起在床上睡觉。

比茹绝对不是看家狗，所以当它都开始咆哮时，我知道事态一定很严重。

我跳下床，拿起猎枪，突然听到屋顶不仅有沉重的刮擦声，还伴随着轻轻的敲打声。其他狗狗们也警觉起来。佩妮的毛发像钢丝一样僵硬地矗立在背上，它蹲在弗朗索瓦丝身边，试图保护她。麦克斯坐在门边，耳朵支棱着，平静地等待着我的指令。我小心翼翼地打开通往花园的上半扇门。

哇！我隐约看到了一个巨大的身影。我迅速后退，被麦克斯绊了一下，踉跄着向后跌了几步，撞到了背后的墙，然后摔倒在地。幸好猎枪没有

知识拓展 🐾

① 小贵宾犬

一种卷毛小狗，是马耳他犬和贵宾犬的混血品种，适应性强，可作为伴侣犬。

撞到墙上，否则就走火了。

站在门口的是一个庞然大物，它随意地拔着茅草屋屋顶的草。

正是娜娜。

我不敢相信自己的眼睛。大半夜在我家门外发生的所有事情中，出现一头成年大象绝对不是应该发生的一件。

我冷静下来，站起身，向门外走去。我真的不知道该怎么办，所以开始轻声和娜娜说话。

"嘿，娜娜，你吓到我了。你怎么在这里，好宝贝？"

我永远记得它的回应。它伸出鼻子，我也伸出一只手，好像这是世界上最自然的事情。我们接触的时候，时间仿佛有磁性一般。我稍微靠近一点儿，小心翼翼地站在它触手可及的范围的边沿，这样它就不会抓住我。它将鼻子移到我的 T 恤上，然后抚摸我的头和脸。我一动不动，被这种充满危险的爱心所吸引。因为它的眼睛被门挡住，所以它看不到自己正在做什么，可它的动作出奇地温柔。

然后，它低下头向前走，好像想进屋。结果，比茹大叫了一声。我和娜娜之间的"咒语"被打破了。

我不知道有没有人曾让一头 3 米高、5 吨重的野生大象通过一扇小门挤进自己家的房子。相信我，这可不是什么轻松的经历。

比茹和佩妮吼声大作，在房间里乱窜，像女妖一样尖叫。娜娜意外地后退了几步，张开耳朵。

弗朗索瓦丝害怕狗狗们会被踩扁，于是先抓住佩妮，把它塞进衣柜底层，然后赶紧去抓比茹。但不知道为什么，比茹正朝着麦克斯狂吠。我相信，对于这只小贵宾犬来说，娜娜实在是太庞大了，所以它只能把目标转向麦克斯。麦克斯倒是直接忽略了比茹。

就在弗朗索瓦丝把快要歇斯底里的比茹关进衣柜的时候，佩妮推开了柜门，重新回到"战场"。它不会让任何事物挡在自己和弗朗索瓦丝之间，哪怕对方是一头大象。

弗朗索瓦丝设法把佩妮搂在怀里，准备再次把它放回衣柜，比茹又冲了出来。这场景简直像个马戏团。最后，我们终于把三只狗都关进了浴室，我才能把注意力放在娜娜身上。

刚刚的闹剧让它后退了大约10步，我直到那时才看到整个象群都在它身后。我看看表，已经是凌晨2点。

"这太神奇了，"我对弗朗索瓦丝说，"它们来这里干什么？"

"我也不知道。但我们不如趁现在好好享受一下。"

我们确实好好享受了一番。大象们在月光下的草坪中散步，在花园里投下巨大的阴影，就连空气中都弥漫着一种令人满足的感觉。

它们走到房子前侧的时候，我穿过草坪，冲到护林员的住所，叫醒大卫。他一定得来看看。然后我回去找弗朗索瓦丝。

"你最好去洗一洗。"她露出夸张的嫌弃表情，指向我。我把手放在胸前，惊讶地摸到一团黏糊糊的东西。

"你头上也有，"弗朗索瓦丝皱着鼻子说，"满头都是。"

我照照镜子，明白了她说的是什么意思。我浑身都是大象的黏液，加在一起差不多得有一斤，都来自娜娜的鼻子。

"我一会儿再洗，"我说，"大卫正在阳台等我们，我们去看看吧。"

我把麦克斯从浴室里放出来，我们三个一起溜进护林员的住处，留心观察有没有掉队的大象。弗朗索瓦丝从正面的阳台看着象群破坏她珍

◎ 娜娜太友好了，差点用鼻子把我推倒。

爱的花园。它们把树推翻，扒开她最喜欢的灌木丛，吃掉了它们能找到的所有花朵。

大卫来了。"这太不可思议了，象群都在这里，"他说，"除了诺姆扎恩。"

"不，它也在这儿，"我说，"我之前看见它了。"

大卫终于看到了诺姆扎恩，它独自站在大约 20 米开外的黑暗中。"小可怜，"大卫说，"象群能容忍它，但也只是容忍而已。我希望它的处境能变好一点儿。"

"它也不小了，"我回答，"不会有事的。"

娜娜还在花园里搞破坏，它抬起头，用鼻子衔着一根名贵的木头，从容地向我们走来。麦克斯往外走了几步，然后默默退回到阳台上相对安全的地方。我建议弗朗索瓦丝先回屋去，以防娜娜离得太近。麦克斯也跟着走了。

我还没习惯这种事情。这头庞然大物显然决定站在我身边，以表示它的爱意。想想前不久它还想杀了我，这简直太令我意外了。

我们决定以安全为重，所以大卫和我回到双扇门内，看着娜娜威风的身躯逐渐靠近。它在走廊边停了下来，第二次向我伸出鼻子，但够不到我。我决定什么也不做，静观其变。

然而，我低估了它的执着，更低估了它的力量。见我不愿意走到它身边，它决定走向我。它试图挤进支撑着阳台入口的两根砖柱之间，但显然没有奏效。我们惊讶地张着嘴，看着它轻轻地把额头抵在左边的柱子上，试探性地推了一下。

这当然引起了我的注意。想起它对波玛的门柱所做的事，我毫不怀疑，只要它愿意，就能把整个阳台都掀翻。我马上走上前。它不再推搡柱子，而是再一次把鼻子绕在我身上。幸好我之前没有去洗澡，因为现在我身上又粘上不少黏液。娜娜低沉的隆隆声在屋子里回荡。

心满意足后，它放开我，回到了象群中。突然，我们八个月大的小猫咪走上了草坪，此时象群正在那里糟蹋弗朗索瓦丝花园里仅剩的几株

异国植物。我们惊恐地看着小猫，但没有任何办法帮它。大象们对这只小猫很感兴趣，纷纷走过去仔细观察。小猫还是没有任何反应。我猜是因为大象实在是太庞大了，小猫根本不知道这意味着什么，就和比茹一样。小猫很快被大象包围了。大象们好奇地用鼻尖在它附近挥舞，而小猫则用爪子调戏着象鼻。

最后，大象们觉得无聊，便走开了，把小猫独

自留在草坪中间。除了弗朗基。一开始它也走了，但走出去大约 20 米后，突然转身冲向小猫。我觉得我再也不会看到这样的景象：一头 5 吨重的大象冲向了一只几两重的小猫。

小猫终于意识到不对劲，及时溜回我们身边。

我们一夜没睡，一直观察着大象的动向。直到凌晨 5 点，在第一缕曙光下，娜娜带着象群离开了，不久就消失在茂密的丛林中。

我一直凝视着它们离开，感到一阵空虚，觉得我身体的一部分被它们带走了。

36

我们都回去睡觉了。那天早晨晚些时候，我心满意足地醒来。象群到我们家来，意味着我们的关系取得了实质性的进展。回想一下不久之前，我还在为这 7 头愤怒的、受了创伤的、憎恨人类的硬皮动物求情，希望能保住它们的性命，现在我却希望它们不要毁了我的客厅。

看来象群的康复工作已经完成了，剩下的就是庆祝我们的成就。我猜，想出"哀兵必胜"这个词的人，一定也经历过类似的事情。

我正一边悠闲地享用早餐，一边回忆着昨晚娜娜对我表示的感情，护林员的疯狂呼喊打断了回忆。

"姆库鲁！救命！我们有危险！大象正在追我们，它们要杀了我们！"

是贝基，我听出了他声音中的恐慌。他和护林员们在几千米外保护区另一侧的栅栏附近，靠近河边。象群肯定走得很快，才会离开我们家这么远了。

"它们离你们有多远？"我对着对讲机喊道。

"它们就在附近！它们要杀了我们！那两头母象要杀了我们！"

贝基是一位经验丰富的护林员，他声音中流露的恐慌也吓到了我。他可是我认识的最强悍的人。

"快跑，贝基！"我对着对讲机喊道，"带着你的手下穿过栅栏。砍开也好，找到一个缺口能钻过去也好。"

接着，我从对讲机里听到两声枪响。"贝基，怎么回事？谁在开枪？"

"是恩圭尼亚，他在开枪——"对讲机断线了。

一直在旁边听着的大卫，马上跑去把路虎车开过来，穿过被摧毁的花园，直接把车停在前门。我立即跳上车，跟着他急速驶向大门。

对讲机的另一边一直保持着不祥的沉默。我们用了40分钟才穿过保护区，完全不知道即将面对的是什么。

在距离栅栏大约100米的地方，我看到了因不安而乱跑的象群。在栅栏的另一边，贝基和他的手下躲在茂密的丛林里。我迅速清点了数目，先是护林员们，然后是大象，然后才深深松了一口气。一个都不少。

弗朗基先注意到了我们。它生气地抬起脚，踩向地面，然后摇了摇头。它现在非常激动，并向我们传达了这个信息。

我们停下车，向护林员喊话。他们小心翼翼地从丛林中走出来，所有人的视线都集中在象群身上。它们已经开始离开。我拿出钳子剪开栅栏，用木棍抬起电线，让他们回到保护区里。

"你们这次走运了。"我一边重新固定好栅栏一边说，"现在你们亲眼看到了这些大象有多危险。告诉在这里工作的每一个人，保持警惕，远离象群。"

我知道这段插曲会迅速且夸张地传遍整个村子，也希望这能进一步吓退潜在的盗猎者。

但我现在最关心的问题不是盗猎者。真正让我震惊的是，象群没有明显的理由冲向护林员。象群要么是被贝基和他的手下激怒了，要么是决心将所有不认识的人类赶出它们的新领地。或许是拿着步枪的巡逻员让它们想起了之前遇到的盗猎者。

我越想越觉得，真正的原因可能更简单。护林员们很可能只是在闲聊，没注意到周边的情况。等他们意识到不对劲的时候，已经误入了大象的领地，才遇到了这样的麻烦。至少我希望实情是这样。也许我们永远不会知道到底发生了什么，但可以明确一点，象群依然很危险。在我们真正可以放松之前，还有很多事情要做。希望我们可以等到那一天。

37

　　我每天都花一些时间和象群待在一起，不仅是为了关注它们的生活习惯和动向，也是因为和它们在一起总让我充满活力。更重要的是，我想继续研究它们是怎么交流的，我对这一点很感兴趣。

　　一个炎热的下午，我正在徒步寻找大象。有一瞬间，我感觉到象群就在附近。我迅速环顾四周，却看不到它们的身影。

　　过了一会儿，同样的感觉又出现了。那是一种很微妙的感觉，转瞬即逝。我再次环顾四周，依然没有看到它们的踪影。这有点不太对劲，我不敢相信自己之前居然从来没有注意到这种感觉。

　　于是我静静地等待，假装自己是丛林的一部分，并不期待会发生什么。突然，那种感觉又出现了：我强烈感觉到象群就在附近。随即，娜娜从附近的灌木丛中走了出来，其他大象跟在它身后。我目瞪口呆。我还没有看到或听到它们的到来，就莫名其妙地先感受到了它们的存在。

　　后来我发现反向的感觉也非常准确。有时在寻找大象的时候，我最终会意识到它们不在这个区域，不是因为我找不到它们，而是因为我在这里完全感受不到它们的存在。

　　几个星期后，我掌握了诀窍，找到象群变得越来越容易。大象以某种方式把它们的存在投射于周围的一片区域，并且可以控制这一点。因为当它们不想被发现的时候，我就算站在它们身上，也完全没有那种感觉。

经过一番试验，我觉得自己明白了这是怎么回事。象群低沉的隆隆声远远低于人类的听力范围，可以在它们周围几千米的丛林中产生共鸣。虽然我完全听不到隆隆声，但我一定在某种程度上感受到了共鸣。

一天早晨，我开车经过一条布满巨石的小径，感觉到大象就在附近。随后我就听到了明显的嚎叫声。我停下车，几分钟后又听到了同样的嚎叫声，只不过这次距离更近。很快，气喘吁吁的诺姆扎恩从林地里走出来，停在了路虎车的正前方，把我拦住。它隔着车的挡风玻璃目不转睛地盯着我，这是它第一次如此接近我。

诺姆扎恩非常平静，但我坐在车里，心脏猛烈地跳着。20分钟后，它依旧没有离开的迹象，只是绕着路虎车转悠。我这才放松下来。

突然，对讲机发出的声响打破了宁静，是办公室的人员叫我回去。这让诺姆扎恩紧张起来。当我发动引擎时，诺姆扎恩迅速冲到车前。它故意挡住我的路，但并没有玩闹的意思。我很奇怪，便熄了火。它看到后，便随意地站在车旁继续吃草。只要我重新发动引擎，它就会再次挡路。当我关掉引擎时，它才会放松下来。

显然它不想让我离开，于是，我把车窗摇下来。"你好啊，大男孩，今天过得怎么样？"

它慢慢地走到我的车窗前，好像有点犹豫不决，站在离我一米远的地方，用它那双睿智的棕色眼睛俯视我。它悠闲地转着头，似乎很满足，好像我们之间是轻松且友好的朋友关系。我也感觉自己仿佛在

◎ 我美丽的大男孩诺姆扎恩来到丛林边和我聊天。我身高一米九，却只到它的象牙。

一位老友身边。

最让我好奇的是，我和大象在一起时总会体会到这种感觉，但这种感觉的源头似乎是它们，而不是我。大象决定了我们每一次相遇的感情基调。这就是诺姆扎恩此时此刻正在做的事，向我传达着它正和老友共度时光的感觉。

我突然意识到，诺姆扎恩选择让我陪着它，而不是它的同类。所以当我开车经过时，它叫了两声，让我等着。这就是它不让我离开的原因。

我感到谦卑极了，手臂上的毛发都竖起来了，还起了一身鸡皮疙瘩。因为这个高高在上的巨人明显想要和我成为朋友。我决定利用这次经历（或者说是特权），留在原地。

它继续进食，从一棵树移到另一棵树，轻巧地折断树枝，咬下树叶。它也会时不时地抬起头，向我展开鼻子，嗅嗅气味，确定我还在它身边。

大约半小时后，它转身走到一边，让我开车离开。

"谢谢你，诺姆扎恩。明天见，我的朋友。"

它歪头看了我一会儿，然后迈着优雅而摇摆的步伐，走进了丛林中。

38

　　随着我与娜娜和象群待的时间越来越长，它们也开始离我越来越近，甚至愿意在路虎车附近吃草。有一次，我正在观察它们，娜娜突然停下来，走到车旁。

　　我一动不动。我能感觉到它很友好，并没有什么危险。但我对接下来发生的事情完全没有准备。它无限缓慢地（至少我感觉是这样）伸出鼻子，向我问好。这太亲密了，虽然它之前在波玛和到访我家时都触摸过我，但我相信这一次相当于整个象群给我的深情拥抱。娜娜是在告诉我，我可以待在它们的地盘上。尽管我的处境看上去很危险，但我第一次感受到如此舒适自在。

　　就连弗朗基也更友好了。它会和马布拉、马鲁拉站在离车子很近的地方。它就算再有刀枪不入的架势，也还是有柔和的一面。有一次，它甚至向我伸出了鼻子。但我刚举起手，它就失去勇气，把鼻子缩了回去。

　　虽然感觉很好，但我从没忘记它们是野生大象。每当它们靠近时，我都会一直开动路虎车，确保我不会被挡住，或者陷入不舒服甚至被困住的境地。

　　我们之间的见面越来越自然。几个月后，其余大象也会和我打招呼。

虽然它们不会像娜娜那样把鼻子伸进车里，但它们会马上走过来，扬起鼻子，好像在和我挥手。它们的这种举动，是在闻我的气味。我似乎成了象群的荣誉成员。

在这个过程中，路虎车总是被大象触摸、推搡、挤蹭，受了不少伤。被象群接受，意味着不得不接受体形庞大的大象们在车上留下一个个弹坑大小的凹痕，使路虎车看上去就像刚参加完一场困难重重的赛车比赛。我进城的时候，路虎车总是能吸引很多人的注意，很快就被戏称为"大象车"。

象群还很喜欢玩弄车上伸出来的和车顶上的东西。我的两个侧视镜都被轻易地扯掉了，仿佛它们是用纸做的。两根天线也是同样的下场，我只好换成了用螺丝固定的天线，每次去见象群之前就把它们卸下来。挡风玻璃的雨刷器经常被拆掉，我已经放弃更换了。下雨时，我只能把头伸出窗外看路。

不知道为什么，它们很喜欢金属质地的东西，会花上几小时去触摸。它们还喜欢发动机散发的热气。天气寒冷的时候，它们会把鼻子一直放在引擎盖上。夏天引擎盖很热的时候，它们刚把鼻子放上去，就会迅速抽走。几分钟后，它们会再重复一次。

因为它们每隔一两个星期就来我们家，我们最后不得不在弗朗索瓦丝的花园附近围上了电线，否则它们就会踏平花园，吃掉所有的灌木。来的时候，它们会耐心地在电线旁等我下去和它们打招呼。

有一次，我去德班^①出差回来，意外地看到 7 头大象在房子外面

知识拓展 🐾

① 德班

南非夸祖鲁－纳塔尔省的一座港口城市。

等我，就像是在欢迎我回家。我以为
这只是巧合。但下一次出差回来的时
候，同样的事情又发生了，再下一次
也是一样。很快我就明白了，它们清
楚地知道我什么时候离开，什么时候
回来。

之后，情况变得更怪异了。有一次，我在约翰内斯堡的机场错过了
回家的飞机。后来有人告诉我，在600多千米外的图拉图拉保护区，象
群当时正在往我家走，却突然停下来，转身回到丛林中。我们后来才意
识到，它们突然折返的时间正好是我错过航班的时间。

第二天我回到家，它们又在家门口等着我。

39

一天，大卫跑来忧心忡忡地对我说："我们到处都找不到大象。我们已经检查了栅栏，没有问题，不然我发誓它们已经逃跑了。"

"不会的，它们在这里生活得很开心，"我说，"不会再逃跑的。"

"也许吧，"他耸耸肩，"但它们能去哪儿呢？"

我突然回想起上次见到娜娜的情景。那时，它的肚子肿得像个木桶一样。我知道它和弗朗基在以前的保护区与首领公象交配后都怀孕了。

大象的怀孕周期是 22 个月，这意味着娜娜和弗朗基都快临盆了。在这段时间里，它们经历了太多，包括首领母象的去世、住处的变化，还从图拉图拉保护区逃跑了一次。

我猜，至少有一头母象到丛林深处去分娩了。我在路虎车里装上足够应付一天的补给品，开始搜索图拉图拉保护区中最荒凉的地方，但就是找不到新鲜的象群踪迹。我找遍了郁郁葱葱的放牧区和它们最喜欢的藏身之处，都没有发现它们留下的痕迹。这群世界上最大的陆地哺乳动物，似乎已经消失了。

午后，在一个我们称之为"祖鲁墓地"的地方，我终于发现了一些新鲜的踪迹。这里是一处有两百年历史的墓地，可以追溯到祖鲁王国创始人沙卡国王^①的时代。

"快出来，娜娜！"我大声喊着，用大象们已经习惯的语调，"快出来，我的'宝贝'们……"它们似乎总会对祖鲁语中"宝贝"这个词做出回应。

丛林里很快有了动静，深处传来的绝对是大象发出的声音。每当感知到它们的存在时，我都能体会到激动、恐惧和爱意混合在一起的复杂情绪。我再次呼喊，充满期待。

"快出来吧，宝贝们？"

然后我看到了娜娜。它远远地站在土路另一边看着我，却不愿靠近。我觉得奇怪，平时它都会走近的。

它犹豫了一段时间，既没有走向我，也没有退回到丛林中。它似乎不太确定要做什么。然后我才明白原因。它旁边站着的是一只体态完美的小象宝宝。象宝宝大概只有70厘米高，也许只有几天大。我面前的这个象宝宝，是100多年来在我们这片区域出生的第一头大象。

我不想打扰它们。我站在原地，心跳加速。然后娜娜向前走了几步，又走了几步，最后慢慢向我走来。象宝宝用它不稳的小脚在旁边蹒跚跟着，它的小鼻子像根松紧带一样来回晃动。

在娜娜离我还有30米远的时候，弗朗基突然出现了，耳朵张开。这是个鲜明的信号，提醒我后退。我跳进路虎车，倒车到一处安全的地方。

知识拓展 🐾

① **沙卡国王**

即沙卡·祖鲁（约1781-1828），非洲祖鲁族首领，通过战争征服了各部落，建立了祖鲁王国。

然后我关掉引擎，静静观察。

其余几头大象也慢慢从丛林中走出来。它们谨慎地注视着我，并围着娜娜和象宝宝打转。

我痴迷地看着它们不停地触摸和爱抚那只小家伙，就连诺姆扎恩也参与其中。它站在外围，但在被允许的范围内尽可能靠近，看着发生的这一切。

一直面朝我的娜娜沿着土路继续向我走来。我迅速打开引擎，挂上倒挡，往后退了很远，敏锐地意识到丛林里的法则：千万不要靠近大象和它的宝宝。娜娜依然在朝我走来，我觉得它们是想走这条路，所以我找到合适的角度，把车倒进茂密的草丛中，让它们能够顺利从我面前通过。

但娜娜也走下了土路，继续跟着我。弗朗基和其他的大象跟在它后面几米处。我已经不挡它们的路了，它们没必要继续跟着我，完全可以沿着土路向前走。我终于明白，娜娜跟着我是一个下意识的决定，于是心跳加速。我把麦克斯从副驾驶座撵到座位下，用外套盖住它。"好好待在那儿，小子。"它躺下时，我说，"我们有客人要来。"

我眯着眼睛，努力在阳光下观察它们是否有敌意，是否在抗议我侵犯了母象的隐私。但我看不出任何征兆，甚至连脾气暴躁、还怀着孕的弗朗基看起来也很友好。接近我，似乎是它们集体做出的决定。

娜娜矗立在路虎车旁，俯在我的车窗上，遮住了天际线。旁边就是它的象宝宝。它居然把象宝宝带到了我面前，我简直不敢相信。

娜娜把鼻子伸进路虎，抚摸我的胸口。我屏住呼吸，象鼻砂纸般的触感突然变得像丝绸一样细腻。然后它收回鼻子，去抚摸它的宝宝。这是厚皮动物自我介绍的方式。我静静坐着，惊讶于它愿意赋予我这项特权。

"你这个聪明的姑娘，"我声音沙哑地说，"你的宝宝也很了不起。"

娜娜巨大的头颅离我只有几米远，似乎因为骄傲而膨胀得更大了。

"我不知道你给它起了什么名字。但它是在第一场春雨期间出生的，所以我会叫它姆武拉。"

"姆武拉"在祖鲁语中是"雨"的意思，对于那些与大地共存的人来说，雨就是生命的代名词。娜娜似乎同意了，这个名字就一直叫下去了。

然后，娜娜慢慢走开，带领象群沿着来路返回。几分钟后，它们消失在了丛林中。

两个星期后，它们又消失了。我直接徒步去了祖鲁墓地，它们确实在那里，还是上次的地点。这次是弗朗基生出了一个完美的象宝宝。我同样和它们保持着距离，确保没有侵占它们的空间。最后，弗朗基也向我走来，其他大象跟在它身后。不过，它没有像娜娜一样停在我身边，而是从车前走过，向我展示它的宝宝。

"太棒了，我美丽的姑娘。"在它慢慢走到车窗旁边的时候，我对它说，我能感受到它浑身都散发着母性与自豪感，"我们会叫它伊兰加，是太阳的意思。"

我惊奇地摇摇头。一年多以前，弗朗基差点杀死坐在摩托车上的我和弗朗索瓦丝；现在，它却在我面前骄傲地炫耀它的孩子。每每想到这里，我都觉得不可思议。我们彼此经历了太多。

* * *

那天晚上，象群又来到我家。弗朗基的小宝宝才一周大，却能穿过茂密的丛林，走上6千米的路程。这一次，弗朗基站在象群最前面，在电线旁等我。

"你好啊，好姑娘，你的宝宝太漂亮了！真的！"

弗朗基爱抚着宝宝的小腿，明显很自豪。同时，它直视着我。这是我们距离最近的一次交流，我们都意识到彼此之间已经产生了一些珍贵的联系。

这段几乎不可思议的经历在几年后有了续集。当我的第一个孙子出生的时候，象群又来到我家。我抱着小婴儿伊森，并在担心他的母亲所允许的范围内，尽可能靠近耐心等待的象群。它们离我只有几米远，鼻子直直扬起，慢慢靠近，专心致志地看着我怀里的小宝贝。它们闻到了空气中婴儿的气味，兴奋地隆隆叫着。

我是在回报它们的赞美，把它们介绍给我的小宝贝。我信任它们，就像它们信任我，把我介绍给它们的象宝宝一样。

40

　　一天，保护区远处起了大火。4小时后，火焰热气腾腾，烟尘四处弥漫，丛林中的火势完全失去了控制。我惊恐地意识到，我们得为图拉图拉保护区的生命而战。

　　我和护林员们一起挤进路虎车。大卫开得飞快，把我们带到离火焰只有几米的地方。只有一条路可以通过这片区域，要是大卫把油门踩到底，也许我们就能冲过去。

　　我们一边逃命，一边在丛林中寻找大象的踪迹。对于带着两个新生象宝宝的娜娜和弗朗基来说，这场大火太糟糕了。我很怕它们会被困在丛林里。如果情况恶化下去，我也想不出解决的办法。

　　我们沿路开到了与席卷的火势平行的地方。火势已经蔓延了1.5千米，就在我们右侧燃烧着，一边跳跃一边咆哮，把我们笼罩在有毒的烟雾和飘扬的灰尘中。

　　"大象经过了这里！"大卫指着新鲜的大象粪便，在火焰的"噼啪"声中大喊。

　　"它们在这里停留过！"我也大喊，"可能是让象宝宝们休息了一会儿。不过我觉得，这也可能是娜娜为了评估形势。我觉得它是想去鳄鱼潭。"

我回头看看火焰筑成的高墙，感觉胃里一紧。整棵整棵的树木被烧成灰，这一路上不可能有生物存活下来。

"希望你做到了，娜娜。"我悄声说。

引擎轰鸣中，大卫以最快的速度沿路开了下去。

"去哪儿？"大卫喊道，"快点决定，否则我们就完蛋了！"

一瞬间，我意识到要往哪儿走，因为娜娜已经给我们指明了方向。

"鳄鱼潭！"我大喊，"如果娜娜觉得象群在那里是安全的，我们过去也不会有问题。"

在浓厚刺眼的烟雾中，大卫神奇般地找到了岔路口。十几分钟的颠簸后，我们在鳄鱼潭边绕了一圈，正好看到娜娜把象群的最后一头大象赶进深水区。它和弗朗基带着象宝宝姆武拉和伊兰加站在浅水区，并确保其他大象也是安全的。

那时我才明白它们之所以选择鳄鱼潭，不仅仅是因为这里有水。许多动物会在保护区的水塘喝水，所以每个水塘附近的草几乎都被啃光了。这意味着在鳄鱼潭周围半径 30 米内，几乎没有草能为大火提供燃料。

我心想，娜娜真是个聪明的姑娘。

我们开到鳄鱼潭的另一边，尽量靠近水塘，然后往路虎车上泼水，让车子冷却下来。之后我们也踏进深度及膝的水塘里，那种清凉和舒爽的感觉真是妙不可言。

这里被称为鳄鱼潭是有原因的。我环

顾四周，在我们左边的浅芦苇丛中，躺着两条巨大的鳄鱼。它们用爬行动物典型的半张半闭的眼神注视着我们。好在因为大火，它们现在不会担心午饭吃什么。我们在原地不会有事。不过，为了稳妥，我还是紧紧抓住麦克斯的脖子。

我们都在鳄鱼潭里：一群大象、两条鳄鱼、一只狗，还有一群满头大汗的男人，因最基本的生存本能团结在一起。

41

随着火势的接近，黄嘴鸢①从空中向来不及逃离火焰的烤焦的昆虫俯冲。成群的红肩丽椋鸟②在烟雾中飞来飞去，同样在寻找食物。两只巨蜥③从丛林中飞奔而出，一头扎进我们身旁的水潭里。一群斑马从烟雾中疾驰而出，在水潭边停下来休息。种马④嗅着空气，然后改变方向，带着家人疾驰而去，它们确信自己能跑过火势蔓延的速度。

浓烟从燃烧的丛林中迎面扑来，挡住了所有阳光。烟雾笼罩了我们，热气在水面上哗哗作响。我突然感觉到了娜娜发出的隆隆声。它支配性

知识拓展

① **黄嘴鸢**
生活在非洲的一种小型猛禽，成年黄嘴鸢的鸟嘴是黄色的。

② **红肩丽椋鸟**
中型鸟类，栖息在开放的林地和多刺高灌丛地区，主食植物果实，兼食昆虫。

③ **巨蜥**
一种肉食性蜥蜴，体形巨大，大部分会吃哺乳类、鸟类、鱼类、昆虫类以及爬行类动物，只有葛氏巨蜥会吃果实。

④ **种马**
指未被阉割的公马。

的存在给我带来了平静。它站在那里，用身体保护着象宝宝们，并往自己身上洒水。我发现自己也在不自觉地模仿它，舀水浇在头上，好像我也成了象群的一员。

大火席卷而过，阳光穿透了烟雾。我们凝视着面前一片漆黑的景象，大口将空气吸进我们满是烟尘的肺里。我们成功活下来了。多亏了娜娜，它救了我们所有人。

与此同时，在保护区的另一边，所有工作人员都在努力保护茅草屋和房子。当我们的家园马上要被大火吞噬的时候，一批载着消防设备的卡车冲破烟雾，飞驰而来。附近的每位农民也都来帮忙了。

30分钟后，大火终于被扑灭了。这场大火烧毁了保护区三分之一以上的地方，我们需要进行清扫。好在当晚下了一场大雨，把烧焦的黑色土地冲刷得干干净净。

第二天早晨，大象、犀牛、斑马、高角羚和其他动物都出现在被大火烧过的地方。它们正在吃新鲜的灰烬。野生动物在大火后都会这样做，灰烬中有它们身体所需的盐和矿物质。

两个星期后，被严重烧毁的区域变成了一片翠绿。多亏了这场大火，我们现在有了数千亩新的繁茂草原。

42

　　我一直希望大象能习惯汽车的存在，现在终于成功了。不仅是当我开车到它们身边的时候，就连满载着客人的路虎车靠近时，它们也毫不害怕，无所顾忌地走来走去。当然，护林员们会让车辆和大象保持合理的距离，尊重大象的隐私。

　　现在，我想徒步接近娜娜和它的家人，和它们互动。为了护林员和其他工作人员的安全，让象群习惯人类在丛林中四处走动是很重要的。另外，我也考虑把徒步旅行作为吸引客人的项目之一。

　　我带上麦克斯，开车去进行第一次试验。我找到象群时，它们正在一片空旷的区域吃草。附近有很多大树，如果出了问题，我必须全力跑开，然后爬上树。

　　我把车停在一棵漆树旁边，下了车，让车门开着，以便在需要的时候迅速逃离。在空旷的地方徒步和大象互动，与在车里完全不同。

　　我故意走在上风向，以便让它们闻到我的气味。我走着"之"字形路线靠近大象，麦克斯跟在我旁边，就好像这是一场周日的漫步。一切都很顺利，直到我距离它们只有30米的时候。弗朗基的鼻子在地上转圈，闻到了我的气味。见它凝视着我和麦克斯，我立刻停了下来。经过了紧张的一分钟后，它选择无视我们，继续吃草。目前为止，情况还算不错。我继续向它们的方向移动。

我刚走近 5 步，弗朗基突然抬起头，咄咄逼人地张开耳朵。

我又停了下来。但这一次，它继续瞪着我，直到我退后了五六步。它似乎对此很满意，又继续吃草去了。

接下来的 1 小时，我重复试探了好几次。每次我向前走几步，总是会得到它同样的愤怒反应；每次我后退几步，它就会忽略我。我觉得很有意思。弗朗基创造了一个边界，如果我在界外，就会受到欢迎；如果我在界内，它就会很烦躁。

我检查了自己和路虎车的距离，确定自己在需要的时候可以跑回车上。然后我再次踏入假想的边界，靠近弗朗基。

它转过身，高高扬起鼻子，恶狠狠地向我走了 3 步。我飞快后退。

我和麦克斯一起跑回路虎车，开到娜娜正在吃草的地方。相同的事情又发生了，只不过比起弗朗基，娜娜愿意让我靠得更近一点儿。当我跨过娜娜的边界时，它似乎更恼怒，但没有攻击性。

接下来的几个星期，通过反复试验，我了解到象群真的会设置一个边界，只不过人类既看不见，也无法进入。我也了解到，每头大象需要的空间不一样。年龄越小的大象，越不自信，因此它们需要的空间就越大。母亲和新生儿需要的空间最大。

如果在图拉图拉保护区开展徒步旅行项目，我需要确保象群完全不会抵触人类的靠近，否则就不值得冒这样的险。我需要了解更多，所以我又做了一次试验。这次我带上了武西，一位身手敏捷的年轻护林员。他勇敢而自愿地加入我的试验。他要做的就是在象群周围慢慢走动，而我负责观察象群的反应。我估计了象群安全边界的范围，并告诉武西，然后开车把他送到象群附近，让他下车慢慢走动。

我以为象群给我设立的边界和给陌生人设立的边界是一样的。没想到，我大错特错了。只要武西一走近，弗朗基就全神戒备，他不得不迅速跑回路虎车里，跑得比奥林匹克运动员还快。武西又试验了几次。很明显，比起给我设立的边界，象群给陌生人设立的边界范围要大得多。

怎么才能让大象缩小边界的范围呢？所以我开始在边界附近徘徊，但完全不打扰它们，然后我会慢慢试着靠近一点儿。这个方法的关键在于有耐心，我在它们附近待了很长时间。我发现，如果不理会它们，或者背对它们，就不会引起太多关注。

这是一项无聊的任务，但让人极度紧张。我时刻准备着瞬间冲出去逃命。

随着时间的推移，没有丝毫进展，我有些绝望。而且我发现，就连诺姆扎恩也不太愿意靠近其他大象。但是有一天，娜娜突然朝我的方向走来，打算走向一棵小树饱餐一顿。就这样，它看都没看我一眼，边界缩小了一半。没过多久，弗朗基和其他大象也一起过来吃叶子了。

我这才恍然大悟。象群的边界不是一成不变的。在准备好之后，它们就会重新设定边界。当然，这必须是它们自己做出的决定。

我还了解到了另一个重要的规则：永远不要直接靠近大象。如果你待在它们附近，它们愿意接受你的话，就会主动靠近你；如果它们不愿意，那就放弃吧。

这段时间，年轻的曼德拉总是向我冲刺。它现在2岁半，身体健壮，差不多 1.2 米高。它会张开耳朵，跑到距离我五六米的地方，然后飞快跑回母亲娜娜身边的安全地带。娜娜一直观察着我们，但对儿子的"英雄"举动视而不见。

曼德拉向我冲刺成为我们之间的一场精彩游戏。每天它表演冲刺的时候，我都会喊它的名字，和它说话，我们玩得很开心。它的胆子越来越大，也越冲越近，我不得不更加小心。它的体形已经大到可以给我造成严重伤害了，不过这从来只是个有趣的游戏。

一天，娜娜和姆武拉离象群有一段距离，然后娜娜慢慢朝我的方向走来。天啊！它是要一路走过来找我吗？除非我在它靠近之前就逃跑，否则我就会被困住，没有任何逃生路线。这与开着路虎车被大象接近的情况完全不同。

看着娜娜友好地向我慢慢走来，我鼓足勇气，决定站在原地，看看会发生什么。我也在赌其他大象并不会靠近我。

娜娜越走越近，姆武拉紧跟在它身后。我紧张地低头看看麦克斯，它也全神贯注地观察着局势，一动不动。它同样没有感知到任何危险。我希望它的感知是对的，毕竟一头巨大的大象正在朝我们走来。

突然，人类的生存本能开始发挥作用，并与我站在原地的决定抗衡。逃离这头庞然大物的欲望在我内心爆发。我几乎不能呼吸，但我下定决心不能跑开。我能做的就是站在原地。至今我依然不知道自己是怎么做到没逃跑的。但我确实一动不动，直到它站在离我不远处，庞大的身躯耸立在我上方，遮住了天空。

我觉得它感知到了我的恐惧，因为它在距离我大概 5 米的地方停了下来，又开始吃草。它浑身散发着平静和安宁。当你离一头大象只有 5

米的时候，你就能敏锐地察觉到周围的每一件小事，尤其是大象的情绪。

我足够清醒地意识到这太不寻常了。我正站在一片开阔的平原上，与一头首领母象和它的孩子待在一起。但这场相聚纯粹是自发的，而且我们双方都抱着绝对的友好态度。这让我得以保持尊严，继续站在原地。

5 分钟后，娜娜还没有离开。我意识到我们是在共度时光。它慢慢地移动、吃草；而我已经足够放松，注意到它进食的方式优雅极了。它伸出鼻子，熟练地围住选好的一块草地，拔出青草，在膝盖上轻轻敲打掉青草根部的泥土。然后它把青草放进嘴里，根部留在外面，再用臼齿轻轻一夹，根部就断掉了。它开始享受这顿美餐。我也注意到，它对吃的东西很挑剔。它会先检查每一种植物的气味，再决定是否要吃。

它吃树叶的过程也让人着迷。它轻松地从一棵槐树上摘下叶子，放进嘴里，然后折下一根树枝。咀嚼完树叶后，它把树枝含进嘴里，一会儿再把树枝从嘴的另一边吐出来。这样，它就吃完了树枝上的树皮。大象不会吃下树枝，而是只吃树皮。

与此同时，姆武拉站在母亲树干般粗壮的腿后观察着我和麦克斯，偶尔往外走几步，找到更好的视野。麦克斯静静坐着，偶尔会走上几米去嗅娜娜站过的地方，除此之外，它一动不动。

我聚精会神地盯着这头离我如此之近的庞大生物。娜娜也时不时地瞟向我，或者直接盯着我看。它时而把庞大的身躯稍微转向我，时而把耳朵朝我的方向移动一下。它偶尔发出的低沉隆隆声带着我的身体一起震动。

原来它是这样交流的：用它的眼神、身躯、隆隆声、细微的身体动作，当然还有它的态度。我终于明白了。它是在试图与我沟通，而我却像个白痴一样，一直没有任何反应。

我直直看向娜娜，对它说："谢谢你。"我先对它表示认可，想知道它的反应。效果立竿见影。它瞥向我，与我对视了几秒钟，然后心满意足地继续吃草。娜娜好像是在对我说："你没看到我吗？怎么这么久才回应我？"

最后一块拼图也完美地拼好了。我呆呆站在那里的时候，娜娜一直试图让我接受它的存在。它想让我给它一些信号，表明我认出了它。但我像块木板一样僵硬，一直没有反应。当我终于用一句简单的"谢谢"表明我知道它的存在后，它马上就给出了回应。

与娜娜的这次近距离接触给了我灵感，让我真正理解了与任何动物沟通的本质。无论是宠物狗还是野象，交流并不仅仅是距离上的靠近，最重要的是——认可。和人类一样，动物世界中的沟通也是双向的。如果你不让它们知道你已经收到了交流的信号，或者没能以某种方式认可这种交流，那交流就不可能发生。就是这么简单。

眼神交流也许是最重要的一点。眨眼、目光直视，哪怕是最短暂的一瞥，在人类看来可能不算什么，但在动物世界中却有着举足轻重的作用。态度、面部表情（相信我，大象的笑容很美）和肢体语言在动物世界中也同样重要。

那么，要如何认可它们呢？只要一个眼神就足够了。或者用你平常表达情绪的语气，自然地和它们说几句话，也会取得显著的效果。

当然还有其他因素。动物有惊人的能力，能察觉到人类的心境，尤其是当你心怀敌意的时候。与动物交流取得进展的唯一要求，就是开放的心态。只要有一定的耐心和毅力，一切都会水到渠成。意识到交流成功了是整个过程中最精彩的部分。任何人都可以做到。许多人会意识到这一切都是值得的。沟通不是人类的专属，而是一件真正具有普遍性的事情。

我抬起头，看到弗朗基带着其他大象向我走来。我可不敢冒险和整个象群互动。我再次感谢娜娜后，便匆匆离开。我还告诉它，我们会再见面的。这次经历让我深感谦卑，但带给我的感受并不仅仅如此。

43

自从娜娜让我与它和姆武拉"共度时光"后，一切都变了。我现在可以在整个象群周围漫步，就连武西也能靠近它们。一天，我让4个护林员从大象身边走过，假装正在野生动物保护区里散步……成功了！就连弗朗基都没有皱一下眉头。

显然，娜娜已经向其他大象传达了接受我们的决定。从中我学到了另一项重要的经验：一旦首领母象和一个人建立了联系，这些曾经受过创伤的大象似乎会重新恢复对人类的信任。这头象必须是首领母象。我和诺姆扎恩的亲密关系，就丝毫没有改变象群对我的态度。

多亏了娜娜，图拉图拉保护区的游客可以在象群附近漫步了。这是我一生难忘的经历。乌姆福洛济保护区的主管曾在追踪逃跑的大象时差点被弗朗基踩死，这不过是两年前的事，它们现在的变化太令人惊讶了。

一天晚上，游客旅馆已经客满，我们在阳台上为客人提供烛光晚餐。娜娜突然出现在小屋正前方的草坪上，身后跟着其他大象。

它离得有点近。我一边仔细观察它的举动，一边想：它们是要去附近的水塘吗？

"大象，大象！"两个第一次来的游客喊道。经验丰富的丛林爱好

◎ 图拉图拉保护区的游客旅馆。

者马上对他们"嘘"了一声，其他游客则拿起相机。整个象群都进入我们的视野。这是一次很好的野生动物观赏体验，但我很快意识到，它们并不是要去附近的水塘，而是朝着游客旅馆来的。

　　大象很有原则——所有其他生物都必须为它们让路。在它们看来，在游泳池旁用餐的游客和水塘旁的狒狒没什么区别。

　　娜娜毫不犹豫地走向我们。一直等到确定它不会停下或改变路线的时候，我才对客人们说："走吧！快走，快走！"

　　大多数客人跑回游客旅馆躲避，但有一群人一动不动。他们夸张地躺在椅子上，对近在咫尺的象群假装无动于衷。

　　弗朗基抬起头，朝着那群人晃动耳朵，但那群人不熟悉这个警告，依然待在原地。因为没有得到回应，弗朗基迅速朝他们走了几步，高举着鼻子，耳朵像斗篷一样张开。

　　"它要冲刺了！"有人大喊。紧接着就是一片混乱。那群人拼命逃跑时撞在一起，椅子也被撞得到处乱飞。

弗朗基从这群调皮的灵长类动物身上得到了应得的尊重，心满意足地垂下耳朵，退到娜娜身后。它们慢慢地穿过草坪，走到游客旅馆前铺着瓷砖的野生动物观景台上。庞大的它们站在那里，气势汹汹地注视着周围。

确定现在没有任何阻碍了，大象们随即被餐桌上装饰的奇异物品所吸引，走过去展开探索。它们用鼻子随意扫开玻璃杯和盘子，蜡烛和灯座被砸在地上，桌布被猛地扯下来，桌子上仅存的餐具和刀叉也没能幸免……象群终于完成了这场破坏。

当大象们发现一片狼藉中居然有能吃的东西时，便小心翼翼地捡起面包卷和地上的所有沙拉。它们踩过玻璃碎片，好像那只是纸片。桌子被粗暴地推向一边，裂成两半。我惊讶地看着椅子一把接一把地飞到空中，再重重落下。象群厌倦了晚餐后，把注意力转移到它们到访的真正目的地——游泳池。

我想，它们就是为游泳池来的。它们知道游泳池的存在。我猜它们之前来过这里，也许是深夜的时候。

游泳池显然是大象们的新水塘。娜娜所做的一切只是为了把客人们赶走，就像它总是会赶走其他动物一样。象群想要安安静静地喝水。

娜娜把长长的鼻子伸进游泳池里，吸了一大口波光粼粼的清水，然后头往后一仰，把水胡乱地送到嘴里，隆隆地喊其他大象一起喝水。

它们像是在参加一场晚宴。姆武拉、伊兰加和曼德拉在瓷砖上滑来滑去，四处嬉戏，让正在围观的客人高兴地欣赏。年纪较大的大象们喝饱了，用鼻子扬起大水花，给自己洗澡。

一切都算正常，直到娜娜闻到了我的气味。它慢慢转过身，笨拙地向我走来。我正站在游客旅馆露台上的一根茅草扎成的杆子旁。娜娜用湿漉漉的鼻尖扫过我的胸膛，我一动不动地站在原地。这种情感流露的举动被几位客人误解了，他们以为我即将没命，于是悄悄地躲进了安全的浴室。

"聪明的姑娘！"我说，"你找到了保护区最干净的水源，并成功吓跑了所有人。"我补充着，语气里有一丝约束的意味。

我向前走一步，伸手抚摸它的鼻子。"但你真的把客人们吓坏了，你现在确实需要离开了。"

娜娜却不这么认为。5 分钟后，它依然安静地站在原地。弗朗基在它身后盯着客人们，对着每一个在藏身之处活动的客人扇动耳朵。

娜娜的确应该离开了。满是游客的旅馆绝对不是它和家人们应该长时间待的地方。我决定和它告别，于是后退了三四步，轻轻拍手，鼓励它离开。

结果它一点儿也不喜欢我的举动。它向前几步，把头靠在我前面的茅草杆上，用力一撞。小屋的整个屋顶都随之移位。我控制住喊叫的冲动，迅速走向前，开始抚摸娜娜的鼻子，轻柔地对它说话。没想到它再一次撞向茅草杆，还用了更大的力气。从木质支撑结构的吱吱声判断，整个小屋似乎都要被撞倒了。

我凭借直觉做了唯一能做的事。我用双手扶着它的鼻子上方，用尽全力把它往后推，同时恳求它不要破坏我们的住所。

它靠在柱子上，我推着它。这样的姿势大概保持了 30 秒。这是我人生中最漫长的 30 秒钟。最后，它终于退后，冲我摇摇头后走开了。临走前它在露台上拉了一坨屎，以表示它的反感。

这当然只是一场游戏。娜娜可以轻松把承重杆推倒，我试图把它推开的努力根本微不足道，对它来说就像是随风飘落的一根羽毛。它只不过是在表达自己的态度。

象群跟着娜娜走上草坪，最终慢慢走进丛林中。

第二天一早，我们就在游客旅馆周围架起了电线，高度正好能到成年大象的头部。为了让娜娜开心，我们还在电线外围搭建了一个新的饮水槽，灌满了从井中打出来的水。

这项安排的效果很显著。即使在电线不起作用的时候，它们也没有再次靠近过游客旅馆。

第五章

大象家来了
新成员

44

"你能再接收一头大象吗？"大象管理者和所有者协会的玛丽昂·加莱打电话问我，"我这里有一头 14 岁的母象急需找到新家。它的家人都被枪杀或卖掉了，它在保护区里完全孤身一人，而且，它还被卖给了一个战利品猎人^①。"

她最后才提到战利品猎人的事，但她清楚，这样一定会说服我。战利品狩猎是我完全无法理解的事情：什么样的人会射杀一头恐慌的小象？又是什么样的保护区主人会把它卖掉呢？

我对为了食物而狩猎的做法并没有意见。这个星球上的每种生物都会以某种方式获取食物。无论你喜不喜欢，适者生存确实是这个世界的法则。但是仅仅为了快感而狩猎，仅仅为了寻求刺激而猎杀动物，对我来说是种可恨的行为。

我想象了一下娜娜和它的族群对新大象的加入会有什么反应。象群

知识拓展 🐾

① 战利品狩猎

泛指一种以动物遗体作为战利品展示的猎杀活动。战利品猎人即专门从事这种活动的人。

现在似乎已经安顿下来了，我相信它们可以接受另一头年轻母象的加入。于是，我同意接收这头新大象。玛丽昂告诉我，有人会给战利品猎人付钱，并且承担将大象运送到图拉图拉保护区的所有费用。

我们匆忙修好了波玛，我、大卫，还有一位名叫布伦丹的护林员，准备在丛林中待一阵，直到新成员安顿下来。我们甚至把路虎车停在我和大卫原来与象群一起生活时的同一位置。

下午，运输卡车抵达图拉图拉保护区，停在装卸的壕沟旁边。这个壕沟的深度正好与卡车车厢的高度齐平，装卸门也顺利打开。所有人都探着头，想好好看看这头新来的大象。但卡车车门刚打开，这头小象就直直地冲进波玛中丛林最茂盛的地带。随后的几天，它一直躲在里面。

我们隔着栅栏给它投喂食物，但它只在夜深人静的时候才会出来进食。每当我们试图靠近一点儿时，它就会向远处狂奔。我从来没见过这么胆小的动物。毫无疑问，它以为我们要杀了它，就像人类杀掉它的全家那样。

我利用和象群培养出来的技巧，尝试温柔地和它说话。我在它附近走来走去，唱歌吹口哨，试图让它习惯我的友好存在。但无论我做什么，它仍然不为所动，始终躲在最茂密的灌木丛中。

过了将近一个星期，它依然没有任何改变。我决定改变做法。我走向栅栏，挑了一个地点，站在那里。我不说话，也不做什么事，只是站在那里，故意忽视它的存在。

每天早晨和下午，我都会选择一个不同的地点，每次都离它的藏身之处更近一点儿。

第三天，它终于对此做出反应，但并不是被安抚，而是愤怒地从丛林中跑出来，像旋风一样冲向我。

我惊讶地看着它冲向我。我本以为这个迷失的灵魂会对这种温暖的示好举动产生友好的反应。波玛的通电栅栏挡在我们之间，我没有任何实质性的危险。现在我有三个选择：我可以站在原地不动，让它知道谁是老大；我可以忽略它；我还可以后退。

我感觉它的冲刺并不是认真的。这头可怜的小象虽然重达几吨，可以用獠牙一下子杀了我，但它的自信心还比不上一只老鼠。它需要相信自己，相信自己值得被尊重，坚信自己是这片原野的主人，需要相信自己赢得了这场交锋。所以我夸张地后退，好让它知道在这种情况下，它才是真正的主人。

它在一片尘土中停在栅栏前，目瞪口呆地盯着我。也许它从没见过人类逃跑的样子。

它注视着我撤退，然后转身回到灌木丛中，将鼻子高高扬起，以示胜利。这是我第一次看到它这样做。它击退了一位敌人，更重要的是，它已经学会了把恐惧转化为行动。至少就目前来看，这是巨大的进步。

这次交锋的效果很好，甚至可以说是太好了。现在只要我一靠近，它就向我冲锋。每次我都故技重施，假装害怕，然后马上后退。我想让它意识到它才是丛林中的女王。大象是伟大的生物，不是恶霸，也不是懦夫。我必须让它重新发现自己的能力。

它慢慢恢复了勇气，甚至会在白天露面，在波玛中徘徊。

每次它从灌木丛中出来的时候，我都会确保我在它附近。我继续随意和它说话或者对它唱歌，偶尔也会安静地待在那里。它从来不会发出任何声音，无论是对我感兴趣，还是生气、害怕。这让我觉得难过。大象的叫声是丛林中的美妙乐曲，但这头心烦意乱的小象即使全速向我冲刺时，也依然保持沉默。

有一天，当我们正在把食物送进栅栏里时，它突然开始冲刺。它的饥饿感第一次压倒了恐惧，想把我们赶走。这也是它第一次竭尽全力地嚎叫。但与其他大象清脆的叫声不同，它发出的声音像是出自一只被勒住脖子的鹅。

大卫和我交换了眼神，我们现在才明白它为什么一直保持沉默。这头可怜又孤独的动物，在尖叫求救、呼唤它的母亲和小姨时，毁掉了自己的声带。它确实是一头很特殊的小象。

为了缓和它的情绪，我们亲切地给它取名为"ET"，是法语中"可怜的小孩"的缩写。

ET 对我的容忍度虽然有所提高，但依然不快乐。我们能感受到它的恐惧和孤独沉重地笼罩着整个波玛。

我们取得的微小进步似乎对它没有任何帮助。它再次陷入绝望之中，开始不停地走"8"字形路线，既不关心我们，也不关心周围的环境。它的沮丧近乎一种根深蒂固的悲恸，这让它无法接受任何人，我甚至担心它会因为过度伤心而死去。

45

我开着路虎去找象群，这是解决 ET 痛苦的唯一方法。

"快出来，娜娜，快出来，宝贝们！"我在 300 米外看到它们时，马上呼喊道。娜娜抬起头，将鼻子伸向天空。辨别出我声音的位置后，它穿过丛林，带着象群向我走来。随着它们的靠近，我再一次被这些庞大又美丽的生物折服。它们胖墩墩的，通体灰色，散发着独有的光芒。

我需要它们的帮助。于是我尝试做了一件之前从未做过的事：让它们跟着我。

在它们靠近时，我把路虎车缓缓向前开了大约 50 米。娜娜停下脚步，不明白我为什么要开走。我又朝它们大喊，它思索了一会儿，朝我走来。随着娜娜的靠近，我又开走一点儿。它再次停下来，一副迷惑不解的样子。

我喊道："快来，娜娜！"催促它跟上。我告诉它这件事情很重要，并告诉它我需要它的帮助。它能懂得我的急切语气吗？

它居然真的开始跟着我。之后，不用我再呼唤引导，它一直跟在我后面。其他大象紧紧跟着。我从后视镜中看到 9 头大象跟着我，感觉自

◎ 象群顺着道路前进。

己就像是厚皮动物的花衣魔笛手①。在非洲的丛林深处，只因为我需要帮助，一群野象就愿意跟着我走。这太不可思议了，但确实正在发生。天啊，我太爱它们了。

象群一路跟着我走来。行进了 5 千米后，我们抵达了波玛。

我在距离栅栏 30 米的地方停了下来。娜娜继续朝我走来，然后停了下来，它看到了那头年轻的小象。娜娜看了我一眼，好像是在告诉我，它明白为什么我会叫它来这里了。它走到栅栏边，发出一连串长长的隆隆声。

知识拓展 🐾

① 花衣魔笛手

《格林童话》中的人物，他的笛声可以吸引老鼠。

ET 静静地站着，就像一棵树。它举起鼻子嗅着象群的味道，几分钟后，它兴奋地跑到娜娜那一侧的栅栏边。这是 ET 这么长时间以来第一次看到自己的同类。

娜娜把粗壮的鼻子举过电栅栏，伸向 ET。ET 也举起自己的鼻子回应。我目不转睛地看着娜娜抚摸这头问题小象。ET 害羞地认可了娜娜的权威。这时，其他大象也好奇地慢慢接近 ET，弗朗基甚至把鼻子举过电栅栏。它们站在那里，用大象的语言叽叽喳喳地交流着。

这场交流持续了 20 分钟。它们互相闻了气味，进行了自我介绍。接下来发生的事情让我坚信，ET 的麻烦已经结束了。

娜娜转身离开，故意走过大门，它曾经为了逃跑推倒过大门口的两根支柱。毫无疑问，这是在向 ET 展示出口的位置，也是在示意我打开大门。

但象群就在周围，我们无法靠近大门，只能看着 ET 沿着栅栏内侧和象群一起移动，直到抵达尽头，也无法走出波玛。它在栅栏旁走来走去，伤心地嚎叫着，试图找到加入象群的方法。这一幕看着真是令人心碎。

但 ET 会允许我们打开大门吗？不可能。每当我们靠近大门，它都怒不可遏，好像我们在阻止它加入象群似的。

连续的狂奔让 ET 精疲力竭，它终于停了下来。此时，我们迅速行动，挪开了大门支柱和电线，然后撤退。

娜娜一直在附近茂密的树丛中等待和观察。它从波玛另一边的丛林中走出来，其他大象一字排开跟在它身后。娜娜再一次故意慢慢走过已经打开的大门。ET 冲出灌木丛，但还是没有找到出口。它沿着栅栏内侧跟着象群移动，直到无路可走。它的绝望让人心疼，除非它能明白大门才是唯一的出口，否则我们也无能为力。

这次娜娜没有等待，而是一直走到了河边。正当我以为今晚不得不关闭波玛的时候，ET 终于找到了大门，离开了波玛。它将鼻子伸到离地几厘米的地方闻着，寻找象群的气味。

我们关掉了波玛栅栏的电源，收拾好东西。半小时后，我们开车回家时，看到象群正穿过开阔的大草原。它们仍然一字排开，但已经确定了新的等级。ET 排在倒数第二位，牵着它前面的大象的尾巴。诺姆扎恩在它身后，把鼻子放在它身上，边走边安抚它。

46

　　我会尽可能地在象群附近的丛林中多待一会儿，以便观察 ET 如何融入它的新家庭。

　　但每当我靠近，ET 就会大发雷霆，尤其是我从路虎车里走下来的时候。它简直不敢相信自己的首领母象竟然允许一个"邪恶的人类"靠近。它警惕到浑身颤抖，随时准备冲刺。这意味着我必须尽量保持低调。虽然它只是一头小象，但也有几吨重。如果它决定攻击我，我不确定娜娜和弗朗基会有什么样的反应。我身处未知的境地，除了耐心等待 ET 自行化解怒气，什么也做不了。

　　ET 可能会愤怒地冲向我，但它对自己的新家庭绝对是欣喜若狂。看到这头之前还郁郁寡欢的生物正与其他小象一起愉快地拉扯玩耍，简直是不可思议。

　　但是，诺姆扎恩如果和其他大象靠得太近，还是会被赶走。我感觉只有我是它最好的朋友。每当我开车经过的时候，它都会叫着追我。我总是会停下来，而它会挡住路，在我身边吃草，让我在它身边多待一会儿。我喜欢我们之间的"聊天"，但这并没有减轻它的寂寞或者不安。它与我建立起来的新关系并不自然，这让我有些担心。

当然，公象在青春期时被赶出象群是很正常的。最终，公象会克服被象群拒绝的痛苦，与其他单身公象组成一个松散的小团体。但我们这里没有其他公象，夸祖鲁－纳塔尔省野生动物局恐怕也不会同意再引进一头公象来充当诺姆扎恩的父亲角色。野生动物局制定的新规定是，如果要引进公象，就需要增加保护区的面积。诺姆扎恩不得不一部分时间独自生活，一部分时间生活在象群的边缘。

一天，它正在距离路虎车几米远的地方吃草，游客旅馆给我打来电话，说斗牛犬佩妮不见了。我带着麦克斯找遍了游客旅馆。平日里佩妮听到我的口哨声会有所回应，但今天什么回应都没有。我担心出现最糟糕的情况。

我向水塘走去，终于发现佩妮的脚印。我跟着脚印走到河床，向上游看去，不寒而栗。

我看到了一条鳄鱼。它潜伏在茂密的芦苇丛中，棱角分明的灰绿色外壳令人几乎难以辨认。一抹白色吸引了我的视线，那是佩妮，它一动不动地躺在几米外的水中。看来，它是被鳄鱼抓走并淹死的。

我绝对不会把我忠心的狗留在那里让鳄鱼吃掉。我悄悄地一点点靠近。鳄鱼不喜欢吵闹的声音，更不喜欢被惊吓。当离它不到 15 米时，我边跳边叫，大声拍手。鳄鱼飞快地甩动巨大的尾巴，消失在水下。等到它在相隔一段距离的下游重新现身后，我才涉水把佩妮的尸体捞起来，带回去好好安葬。

第二天，我又回到找到佩妮的地方。佩妮特别聪明，应该不会被鳄鱼抓走。我想弄清楚发生了什么，决定回到这里研究线索，揭开谜底。

我检查了佩妮的所有足迹。它的脚印清楚地表明沙子的磨损痕迹是向后的。也就是说，它是自己冲向河里的。一开始，我觉得它这样做毫无理由，后来我才醒悟，鳄鱼并没有追赶佩妮，相反，是我那勇敢又疯狂的漂亮小狗袭击了鳄鱼。

佩妮故意冲进水里，袭击一只比自己个头大 20 倍的谋杀机器。丛林里的痕迹是不会撒谎的。

我相信佩妮看到鳄鱼后，意识到它对我们所有人都构成了威胁，于是以斗牛犬的勇气，心甘情愿地献出生命，去保护所有对它而言很重要的事物和所爱的人。佩妮是为了身上担负的责任而死的。

它是我见过的最优秀、最勇敢的动物之一。

47

　　我挑了一个平和的日子去看望象群。我步行去找它们，突然，小象 ET 像一枚导弹一样从丛林里猛地冲了出来。等看到它的时候已经太晚了，此时的我根本来不及跑回车里。我遇到了大麻烦，但我别无选择，只能忽略体内所有正在尖叫的本能，强迫自己站在原地，迎接它的冲刺。虽然我越来越恐慌，但脑子里有一个细微的声音一直在提醒我，任何试图逃跑的行为都将会酿成致命大错。

　　突然，20 米外的娜娜以惊人的速度飞驰而来，用它宽厚的身体挡住了 ET 的冲刺。ET 一个踉跄，被撞得偏离了方向。等它笨拙地恢复身体平衡后，温顺地转过身去，蹒跚地跟在象群后面。娜娜继续吃草，好像刚刚什么都没有发生。

　　我盯着娜娜，几乎无法呼吸，慢慢让自己的身体、灵魂和神经恢复过来。这对我来说当然是第一次。事实上，我之前从来没听说过类似的事情：一头野生大象为了保护人类，阻止了另一头大象的冲刺。过去几个星期，我一直在考虑如何应对 ET 的攻击行为，娜娜却为我处理好了这件事。它用行动在告诉小象：不要伤害我。

　　在 ET 到来之前，我已经计划减少看望象群的次数。我唯一的目的

◎ 娜娜来看我。

是让它们在丛林中恢复正常生活，这样它们依然是真正的野生大象，与周围的环境保持极度和谐。野生大象如果太习惯与人类相处，行为通常会变得难以预测，有时可能会非常危险。这样的大象最后一定会被射杀。正因如此，我坚持不让任何工作人员与它们互动，我也从来不会为了取悦游客而和大象互动。

我原来的想法是，一旦象群安定下来，我就会逐渐远离它们，直到我们之间不再有任何接触。我相信我之前已经差不多要做到了。

但 ET 依然是个大问题。当惬意的象群容忍并忽略从它们身边开过的路虎车时，ET 的反应却完全相反，总是对汽车做出威胁性的举动。这不但会吓到游客，也会让护林员感到不安。原野丛林漫步项目原本已经成为游客的最爱，但现在则过于危险，无法继续。

这意味着我需要多花些时间和 ET 待在一起。因此，我不仅不能按照原定计划减少与象群的接触，反而不得不增加看望它们的次数。

我开始尝试开着车与 ET 接触。我慢慢接近它，观察它的反应。它总是会追着我，有时是咄咄逼人地向前冲两三步，有时是竖起耳朵和尾巴，愤怒地迅速冲向我。在波玛的时候，我会故意退让，以增强它的自信心。现在，它得先学着尊重我，然后尊重所有车辆和人类。

通过试验，我找到了几种靠近一头咄咄逼人的大象的方式。在和 ET 的接触中，我认为它需要直接受到挑战。也就是说，我需要和它正面交锋。

我开着路虎车靠近它，并停在它面前，开着引擎等待着。等它冲过来时，我迅速把车往前开出一两米，然后像这样重复一两次。这实际上是在对它说："我不是在闹着玩，我已经做好了战斗的准备，你最好识相点，赶紧后退。"

这样做总是会打断 ET 的冲刺。然后我会从车窗探出身子，用坚定但放松的声音说："ET，如果你不惹我，我们就可以做朋友。"我这样做，基本上是在展示我在象群等级制度下的地位。

我发誓娜娜和弗朗基完全明白我在做什么，所以它们并不会干涉，除非它们知道我需要帮助。而事实证明，我确实需要它们的帮助。

之前经历的危险再次发生了。当时，我正在步行，ET 出其不意地从灌木丛中向我冲来。我本以为它和象群一起待在前面的灌木丛中，没想到它却独自从侧面的灌木丛中蹿了出来。

这次是弗朗基做出了回应。它冲到飞奔的小象身边，用象牙顶住 ET 的臀部。在一片飞扬的尘土中，ET 摔倒在地。弗朗基一直站在它身边，直到它爬起来，闷闷不乐地加入象群。弗朗基曾经对我充满攻击性，现在却选择保护我，这太不可思议了。

ET 的第三次全力冲锋是被娜娜以一种我从未见过的方式拦下的。我当时离象群大概 30 米，只是坐在那里观察它们。ET 突然冲向我，但它得先经过在前方吃草的娜娜。娜娜听到小象冲刺的动静，仰起头。就在 ET 蓄势待发的时候，娜娜伸出鼻子，摆好姿势，等待着。当 ET 距离它足够近的时候，娜娜伸出鼻子，用鼻尖轻轻地触摸 ET 的额头正中处。

ET 愣住了，像是被大锤砸到头骨似的。但实际上，娜娜只不过是爱抚了它一下。

48

尽管发生了几次冲刺事件，但我觉得和 ET 的关系还是在一点点进步。我每天和它相处，给它带来了不少变化。

然而，事实证明，我的努力只有在 ET 和象群在一起的时候才有效。它知道，只要娜娜和弗朗基附近，自己就没有机会与我对抗。有一次，我和两个初级护林员跟着象群步行，没有意识到 ET 已经藏起来了，在灌木丛中等着伏击我。突然，我听到灌木丛里树枝被折断的可怕声响，ET 飞快地跑向空地，用大象冲锋时那种令人敬畏的方式低下头。战斗终于尽在它的掌握之中，这次没有娜娜或弗朗基阻止它了。

我看向身后遥不可及的路虎车，对两位年轻的护林员喊道："它要冲过来了！别动！没事的！别动就好！"如果 ET 的冲刺只是虚张声势，而他们试图逃跑，那 ET 可能会发动一次真正的致命攻击。

"不！不！"在 ET 向我们飞速冲过来时，我把双臂举过头顶，冲它大喊，"不！"

终于，它在最后一刻停了下来，高举着鼻子笨拙地转开。

但它转了一圈，又向我们冲来。我心里一沉，让护林员们继续站在原地不动，同时也告诫自己千万不要乱动。两位年轻的护林员刚刚第一次近距离目睹了大象的冲锋，认为留在原地应对下一次冲锋是世界上最疯狂的事。他们急忙爬上附近一棵巨大的无花果树。

我不得不独自面对 ET 的冲锋。看到护林员狂奔着爬上树后，它反而受到鼓励，意志更加坚定。

眼前发生的一切似乎都切换成了慢动作。体内叫嚣着的恐惧原本让我头脑发麻，现在却离开了我的身体，取而代之的是一种幸福的平静。每当与大象交锋的形势变得严峻时，我都会出现这种反应。我不停地对着 ET 喊叫，直到它几乎压在我身上。最后一刻，它大摇大摆地从我身边走过。我可以明确地告诉你，它差点没能及时从虚张声势的冲刺中收身。

它继续向前跑，加入了象群。此时，象群正往我们这边走，想看看刚刚到底发生了什么。我真希望娜娜可以来得更及时一点儿。

我抬头看看那两位趴在树上的护林员。"天哪！太不可思议了！"其中一位在树顶喊道，对我竖起了大拇指，"我不敢相信你竟然成功了，我还以为你必死无疑。你太厉害了。"

没错，谢了。

象群离我越来越近了。依然焦躁不安的 ET 和其他大象待在一起，所以我急忙回到路虎车上，打开引擎开到那棵无花果树下。我特意把娜娜和弗朗基叫过来，打算给那两位护林员上一堂丛林必修课。他们的逃跑让我们三个人的生命都受到了威胁。

我和大象们聊了一会儿，和娜娜开玩笑说它应该早点来救我，并针对刚刚发生的事情严厉地教育了 ET。然后我开车离开，把两位护林员留在树上，而象群就在树下。

大概 3 小时后，我正在门前的草坪上休息，两位护林员回来了。我什么都没说，他们也一样。看来他们已经吸取了教训。

49

　　春天，在一场狂风暴雨后，我在第二天早晨去查看保护区的损失情况。保护区东部边界大约有 500 米栅栏损坏了，而且象群也不知道去了哪里。

　　最后，我们终于在河对岸看到了象群，布伦丹正在那里维修栅栏。我让恩圭尼亚找一处高地，在那里盯着它们。

　　没过多久，我就接到了我一直害怕接到的那通电话。

　　"姆库鲁！快来！"恩圭尼亚说，"大象们跑出去了，它们在保护区外面。"

　　我拿起对讲机，问道："在哪儿？发生了什么？"

　　"在北部边界。它们正沿着栅栏走，但是在栅栏外侧。"

　　我跳上路虎车，给负责维护栅栏的护林员穆萨打电话，让他骑摩托车跟在我后面。

　　我们在湿滑的道路上疾驰前进，20 分钟后抵达目的地。我一眼就看到了娜娜，但它和其他大象都在栅栏内侧。这怎么和恩圭尼亚说的不一样？

　　我松了口气，过了一会儿才意识到出了大问题。娜娜和弗朗基一直在来回踱步。每隔几秒，它们就停下来，把鼻子伸过最上方的电线，摇晃栅栏的支柱。这些支柱是栅栏上它们唯一能碰到又不会被电击的部分。

我像往常一样清点了象群的数量，少了一头。是谁呢？诺姆扎恩？不对，它在这儿。我又清点了一次，的确是少了一头。

之后我才听到栅栏外侧有动静。娜娜的大儿子曼德拉独自站在栅栏外面。后来我才发现，雨水冲走了一小块栅栏，只留下了下方的一根电线，刚好够曼德拉毫发无伤地从底下钻出去。电线的高度对其他大象来说太矮了。钻出栅栏后，曼德拉惊慌失措，没法回来。

把曼德拉救回来需要我们仔细考虑对策。最近的大门在几千米外，实际上，大门的作用也不大，因为娜娜从大门出去的可能性和曼德拉从大门进来的可能性都很小。

我开车靠近象群，叫了娜娜的名字，让它知道我来了。它牢牢地盯着我。我快速思考，试图想出一个解决方法。如果我们不尽快把曼德拉救回来，毫无疑问，象群很快就会冲出栅栏。大象母亲会不惜一切代价保护孩子们的安全。

怎样才能在不把象群全部放出去的情况下，把曼德拉救回来呢？我看着电线，终于想到了一个主意。如果我们凿开栅栏，再剪断中部和底部的电线，曼德拉就能进来了。保留顶部的电线，可以防止成年大象出去。问题是，顶部的电线真的足以拦住娜娜和弗朗基吗？

娜娜再次猛烈地摇晃栅栏。我突然听到了猎狗的吠叫，附近应该有一支狩猎队。娜娜也听到了，它不再摇晃栅栏，而是竖起耳朵，仔细听着每一个声响。

狩猎队是在他们自己的地盘上，这本来没什么问题。我担心的是，如果猎狗闻到曼德拉的气味，开始骚扰它，娜娜马上会像推土机一样推倒栅栏。

但更紧迫的问题是：在身旁就是一群激动的大象的情况下，我们要如何凿开栅栏，并剪断曼德拉附近的电线？

我们走到距离大象50米外的地方，在栅栏上凿出一个洞，把栅栏折断，然后剪断了底部的两根电线。但无论我怎么呼喊，娜娜都不愿离开曼德拉到我这里来。

在我喊叫、询问、恳求、劝告了40分钟后，娜娜才终于向我走来，走到栅栏上的开口处。曼德拉在栅栏的另一边跟着妈妈找到了入口，飞快地跑进保护区。

每一头大象都挤在它身边，用鼻子抚摸它，一边关心它的情况，一边发出隆隆声。看见小象在经历磨难后获得的关怀和爱护，我感动极了。

50

　　一天下午，诺姆扎恩在路边闲逛。我坐在路虎车里，距离它大概10米。我想到什么就说什么，很是满足，就像和好朋友待在一起，享受着温暖的阳光和美好的友情。和往常一样，我一直在说话，诺姆扎恩则一直在吃草。但我觉得有些事情悄悄发生了变化，虽然我不知道具体是什么。

　　那天早晨，一位护林员告诉我，象群中发生了巨大的骚乱，在1千米外都能听到大象的嚎叫和尖叫声，所以，我才来找诺姆扎恩。我检查了象群的情况，它们正在几千米外吃草，看上去没有任何异常。诺姆扎恩看起来很平静，但我还是觉得它有些不太对劲。它的不安全感似乎已经消失了。我曾经很明显地感受到它的不安全感，因为那实在太强烈了。但现在，它似乎重新找到了自信。

　　诺姆扎恩向我走来，一直走到距离我大概3米远的地方。毫无疑问，它看上去更自信了。它比我高出1.5米。我们在一起时，我需要感受到它散发出的每一份温暖和安慰，才不会感到被压制。

　　诺姆扎恩向我举起了鼻子。这对它来说是极不寻常的举动，平时它很少举起鼻子，就算偶尔举起，也不喜欢我的碰触。然后，它转身离开，向大草原走去。这也很奇怪，往常我们的丛林会面结束后都是我先离开，而它常常挡在路虎车前，不让我离开。

那天晚上，大象们来到游客旅馆旁的水塘边。对游客们来说，近距离观察这些原野之王是一种享受。而通过这次到访，我终于明白诺姆扎恩为什么最近变得这么自信了。

诺姆扎恩从丛林里走出来的时候，其他大象已经在喝水嬉戏了。它仰着头，迅速向水塘走去。我感觉这很奇怪，因为它平常都悄悄地躲在边上。

娜娜抬头看着它。我意外地发现娜娜挪开脚步，发出深沉的隆隆声，叫其他大象离开。

然而，为时已晚。诺姆扎恩加快速度，猛地撞向象群中最强大的弗朗基。蓦然间，整片灌木丛都随之颤动。弗朗基被撞得向后退去，差点摔倒。

看到最强大的同类身上发生的事情，其他大象匆匆离开。诺姆扎恩转身面向娜娜的时候，我屏住呼吸，看到它耳朵大张，头高高昂起。

娜娜迅速把家人隔开，挡住威胁，然后转身，倒退着走向诺姆扎恩。娜娜不仅发出了顺从的信号，而且已经准备好迎接诺姆扎恩的下一次冲刺。当它用身侧承受了诺姆扎恩巨大的冲击力时，我不禁打了个寒战。光是看着它们交锋，我就觉得自己已经喘不过气来了。诺姆扎恩很满意自己获得了应得的尊重，然后慢慢走向水边，独自喝水。这是它作为新首领公象的权力。从现在开始，它会一直是象群中首先喝水的大象。

诺姆扎恩正式成年了。

此后，保护区的情况发生了变化。诺姆扎恩不再给车辆或是任何动物让路，而是站在路中间，直到完成自己正在做的事情，然后在自己喜欢的时间离开。任何试图让它走开的行为，都会换来它的警告。因此，每个人都会遵从它的意愿，毕竟没有人愿意被保护区最大的公象冲撞一下。我们很快学会了对待公象的礼节，那就是：离它远点。

尽管如此，对我来说，它还是原来那个诺姆扎恩。我们在丛林中的会面仍在继续，不过频率变低了。它也不再对我嚎叫。和它在一起的时候，我更加小心。如果我从路虎车上下去，我会尽力确保我们中间至少隔着汽车的引擎盖。这招并不总是有效，有时候它依然想站到我身旁。

我爱这头庞大的生物，也很高兴看到它的不安全感和恐惧消失了。它从小没有父母的陪伴，成长历程很艰辛。现在，它终于承担起了自己应该扮演的角色。

"你太厉害了，"我对它说，"你现在真的是诺姆扎恩了——真正的王者。"我夸赞它的时候，它一动不动地站着，用那双棕色的大眼睛注视着我，仿佛在接受我的赞美。

51

虽然诺姆扎恩成了强大的公象首领，但娜娜依然是象群中的老大。在两头大象交锋后不久，娜娜又卷入了另一场冲突，这次是和图拉图拉保护区的另一位女性首领弗朗索瓦丝。

我走出家门，发现弗朗索瓦丝站在药草蔬菜花园的一端，冲着另一端的娜娜大喊大叫。弗朗索瓦丝不仅很珍爱她的花园，还会用种植的作物为游客旅馆的客人制作美食。而今天，娜娜从栅栏的一处缺口闯进了花园，与曼德拉和姆武拉一起，吃光了它们见到的一切作物。

也许是因为我一直在傻笑，弗朗索瓦丝意识到我完全帮不上忙，便冲进屋里，拿出一些锅碗瓢盆，敲打起来。

娜娜被敲打声吓了一跳，抬起头。它摇摇头，跺了跺像一面鼓那样大的前脚，瞪了弗朗索瓦丝一眼，接着继续吃东西。弗朗索瓦丝则瞪了回去。

弗朗索瓦丝意识到敲打根本不起作用时，转而拿起花园的水管。她站在栅栏后，隔着安全的距离，打开喷头，像消防员一样向娜娜喷水，这让娜娜又摇头又跺脚。

很快，娜娜就习惯了高压喷头的水柱，还试图接住水柱。附近的所

◎ 弗朗索瓦丝和栅栏。

有护林员都止不住大笑起来。这让弗朗索瓦丝受不了了，先是气冲冲地指责我们不帮忙，然后冲回了房间。

我拿起水管，降低水压，轻轻地对着娜娜喷水。它走过来，让我用水填满它的鼻子，然后转身喷出，彻底毁掉了花园。

第二天一早，弗朗索瓦丝让电工来加固栅栏。从那天起，花园禁止任何长着长鼻子的动物进入。

52

大卫带着我，沿着一条古老的狩猎小路走向一片空地。他带我去看一头母犀牛的尸体，看起来死亡不久。

我走向那头一动不动的巨兽，检查是否有盗猎者留下的枪伤。没有，并且犀牛的角完好无损，这让我有点意外。我以为它们已经被锯掉了，毕竟盗猎者杀死犀牛就是为了得到它们的角。

我再次检查尸体上是否有疾病痕迹或其他死因。除了盔甲皮上有些新鲜又触目惊心的伤口之外，它看上去很强壮、健康。

我转头看了看周边的环境，惊讶极了。连龙卷风都不可能造成这样的破坏：丛林被压垮，树木横七竖八地倒下，地面被刨开，一切都不寻常。这种破坏绝对不是犀牛造成的，到底发生了什么？

我本能地从地面上寻找答案。犀牛的踪迹无处不在，它留下的足迹很深，却带有不自然的扭曲和转弯的痕迹。突然，出现了大象的踪迹：厚皮动物留下了又大又重的脚印，看上去极具侵略性，仿佛要把土地撕裂。这是一头愤怒的公象留下的痕迹。

是诺姆扎恩！

我万分希望自己的分析是错的，但地上的脚印清晰地说明了我的猜测是对的。

左边丛林的一点儿动静引起我的注意。一头小犀牛在附近的灌木丛中把自己藏了起来，默默地观察着。这是海蒂，是死去的犀牛的两岁大的女儿。犀牛在大多数情况下都会努力一搏，如果它的孩子在身边，那毫无疑问它会拼尽全力。

"诺姆扎恩到底是怎么回事？"我大发雷霆，尖锐的话音在丛林中回荡，"它这么做是为了什么啊？真是个笨蛋！"

"我们……我们该不会要开枪射杀它吧？"大卫问。

射杀诺姆扎恩？这句话太让我震惊了。

不过我知道，这是大多数南非保护区都会发生的事。在缺少成年公象监管的环境下长大的小公象，攻击性很强，会无缘无故地杀死犀牛。但如果它们这样做，基本上是宣判了自己的死刑。

南非的犀牛很少，而且价格高昂；大象很多，也相对便宜。有记录证明曾经杀死过犀牛的大象会再度大开杀戒，所以大多数保护区主人会在大象第一次杀死犀牛后选择处死大象，或安排猎杀。

因为一次毫无意义的暴力行为，诺姆扎恩把自己变成了面临被驱逐的大象——一个弃子。现在我不能把它留在保护区了，但我也不能为了偏爱或金钱把它送走。

"不，"我回答，也试图说服自己，"我们不会射杀它的。"我把所有的后果思考了一遍。海蒂会没事的，它的年龄已经到了可以在失去母亲的情况下存活下来，而且它也可以和其他犀牛一起生活。

大卫和我都站起来，仔细查看那具笨重的灰色尸体，然后分别朝不同方向走去。大卫要去召集团队，为这只曾经健壮美丽的动物去掉角。

否则，一旦盗猎者听到犀牛死亡的消息，一定会来偷犀牛角。而我要去和诺姆扎恩好好聊一聊。

离开的时候，我看见小犀牛从灌木丛中小跑着出来，站在它死去的母亲身边。诺姆扎恩这次真的把事情搞砸了。

过了一个半小时，我才找到正在瓜拉瓜拉大坝附近散步的诺姆扎恩。我慢慢靠近，在离它大概35米的地方把车停下。下车后，我靠在路虎的引擎盖上，没有呼唤它。但它清楚地知道我来了，却选择忽略我，继续吃草。这正是我所希望的，我用望远镜检查它的身体，发现了战斗留下的伤痕。

从它身上凝固的血迹来看，它的胸口被刺伤了，身体两侧也有很深的擦伤和刮伤。这不是一次短暂的交锋，而是一场激烈而漫长的战斗，它可能还不习惯这样的交战。如果是一头体形和它差不多、战斗经验更丰富的动物，仅用一次激烈的冲锋就能结束这场战斗。

犀牛一定有很多次逃跑的机会，但因为带着小犀牛，它别无选择。

诺姆扎恩终于吃完草，转头看向我。

"诺姆扎恩！"我大喊，"你知道你干了什么好事吗？"

我从来没用这么愤怒的语气和它说过话，因为我需要它明白我非常生气。

"这次的问题太严重了，对你、对我、对所有人都是。你是怎么了？"

我训斥它的时候，诺姆扎恩一动不动地站着。开车离开后，我才看到它慢慢走开。

从这之后，我每天都跟着它，并尽可能待在它身边。如果它靠近我，我就故意开车离开。我能看出来，这让它有点不爽。

后来有一天，我运气很好，正好在犯罪现场附近找到了它。我立刻开车到犀牛腐烂的残骸附近，并确保我站在难以忍受的腐臭气味的上风向，然后轻声叫它。

诺姆扎恩显然很高兴再次听到我平常友好的语气，向我走来。我让它继续靠近，直到它正好走到自己上次大开杀戒的地方。然后我把身子探出窗外，用坚定而沉稳的声音斥责它。当它一反常态，转身向相反方向走去时，我才停下。

肯定有人会说，这一点儿用也没有。大象根本听不懂我在说什么，我不过是在浪费自己的时间。但我相信诺姆扎恩明白了我的意思，因为它从此再也没有杀死过犀牛，甚至没有骚扰过它们。我们的关系恢复了正常，诺姆扎恩继续和我在丛林中聊天，甚至偶尔会出现在我家。

◎ 我和诺姆扎恩在丛林里聊天。

第六章

生 与 死 的 故 事

53

娜娜的大女儿南迪现在22岁了，它端庄自信，十分机敏，从母亲那里继承了首领母象的优点。它怀孕了，象宝宝的父亲是诺姆扎恩。我们都很兴奋，期待着一头健康的象宝宝的到来。

新来的护林员约翰尼用无线电告诉我，南迪已经生产了，但他的语气里充满担心。"我们刚刚在河边发现了南迪，但看不清小象的情况。"他说，"象群围在附近，不让我们靠近。"

我急忙赶过去，看到象群聚集在一起，彼此紧挨着，显得非常慌乱。

我走近丛林，与象群保持着距离，试图找到一个可以窥探全局的地方。我终于瞥见了新生的象宝宝。正常情况下，象宝宝这时候应该已经站起来了才对，可它竟然躺在地上。我脑海中不由得响起警钟。

我需要知道到底发生了什么，于是慢慢靠近象群，并仔细观察象群允许我可以走得多近。当弗朗基看见我的时候，我距离它们大概20米。它站直身子，气势汹汹地向前走了两三步，认出我后，才垂下耳朵，站在原地不动，我明白它是不想让我靠近。它确定我理解了它的意思后，转身回到象宝宝身边。

不过，停下来的地方已经可以让我看清发生了什么。这个小家伙正拼命地试着站起身来。看到这一幕，我心里一沉。它一次又一次尝试着，它的母亲南迪、祖母娜娜和姨祖母弗朗基用鼻子耐心地协助。这显然已经持续了一段时间。我对这头象宝宝和它绝望的家庭表示同情。

天气非常炎热，象宝宝躺在树丛唯一的空地中间，正好在烈日下，没有树荫的遮挡，而且还是躺在炎热的沙子上，不是草地上。

除了等待、观察和祈祷，我们什么也不能做。我让护林员们去忙其他事情，然后从路虎车上拿下一瓶水，找到一处阴凉的地方，尽可能靠近象群。我喊了一声，让它们知道我就在附近。

我用望远镜看向象宝宝，这是头小母象。问题很明显，它的前足变形了。这头象宝宝的前足应该是在子宫里的时候就向后折叠起来了，每一次它试图站起来的时候，用的都是"脚踝"。

1小时后，小家伙依旧在尝试站立，但明显越来越虚弱，频率也越来越低。它的妈妈和小姨依然在努力帮助它。它们把鼻子伸向象宝宝的身体下面，把它举起来，这样做能让它站立几分钟。然后它们再把它轻轻放下，它又蜷缩在了地上。

在炎热的天气里，大象总是会找到大片的阴凉地，然后待在那里。它们庞大的身躯会产生大量热量，所以保持凉爽是它们的首要任务。我抬头看了看太阳，暗自抱怨。这些可怜的动物被太阳直射着，然而没有一头大象走向20米外的树荫。小象们即使只能在一旁看着，也依然站在炎炎的烈日下，守护着象宝宝。没有一头大象去800米外的河边喝点凉水。每头大象都在使劲扇动耳朵，尽可能加快空气流动，为过热的身体降温。

我注意到，象宝宝一直处在妈妈和小姨的身躯投射出来的影子下，不只是因为它们碰巧站在它身边，而是它们有意识地这样做。它们会慢慢移动，确保挣扎中的象宝宝始终远离阳光直射。当太阳在空中散发酷热时，它们轮流担任着遮阳伞的角色。

3小时后，象宝宝放弃了。每次家人们把它抬起来的时候，它都可怜兮兮地嚎叫着，不愿意再动了。它已经筋疲力尽。

过了一会儿，娜娜停了下来。大象们都站在那里，面前是一动不动躺着的象宝宝。我用望远镜看到它还在呼吸，但已经睡着了。

野生动物可以轻易克服那些能够摧毁人类的困难。这头小象经历了出生的创伤，在炎热的新环境中度过了半天，甚至还没有喝第一口水，却依然活着，依然在努力。

但它一定已经快坚持不住了，我必须想办法让它离开象群。象群已经尽了最大的努力，但象宝宝需要复杂的医疗护理。南迪和娜娜即使意愿再强烈，也无法治好象宝宝的腿。它唯一存活下去的机会只能依靠我们人类，虽然我们也无法保证能治好它。

但我们怎样才能把它从象群中带走呢？大象的母性本能极其强大，我们不可能开车上前，把象宝宝从它母亲身边抢夺走。

我们能做什么？除了开枪把它们吓跑，似乎没有别的办法，但这会完全破坏我和它们的关系。如果只有南迪在，也许我们还能做点什么，但有娜娜和弗朗基在，肯定不行。

接近黄昏时，天气凉快了一点儿，大象们又开始把鼻子伸到象宝宝身下，试图把它抬起来站稳。它们一直坚持尝试到夜幕降临，每一次都痛苦地失败了。

我开着路虎车靠近，打着车灯给它们照明，敬畏地观察着。它们已经尝试了将近 12 小时，一直没有放弃。它们有着惊人的毅力。

　　到午夜的时候，象宝宝已经虚弱得可怜了。我认命了，相信我确实无能为力，象宝宝不可能活下来了。我和象群道别，说我会回来的，然后开车回家休息，准备在第二天醒来后迎接最坏的情况。

54

第二天黎明时分，我驱车去找象群。我几乎不敢相信它们依然在那里，依然试图让现在几乎完全瘫痪的象宝宝站起来。这些宏伟生物的奉献精神已经超出了我的理解范围，我对它们和它们所做的一切抱有无限的敬意。

太阳开始爬升，到了上午 10 点，我知道我们又将面临一场炙烤。但象群依然在努力，除此之外，它们还能做什么呢？

几分钟后，娜娜第一次退后了几步。它独自站着，似乎在评估情况。然后它转身走开，没有回头。它拖着鼻子，耸着肩膀，一副被打败的姿态。娜娜已经做出了决定，知道它们已经尽力了，也知道一切都已经结束了。虽然象群尽了最大的努力，但象宝宝还是无法站立起来，看来它是不会活下去的。

其他大象跟在娜娜身后离开了，很快就走出了我的视线，走向了河边。它们已经在这个野外的急诊室待了超过 24 小时，不吃不喝不休息。连人类都很少能做到这一点。

南迪留了下来。作为母亲，它会一直留到最后一刻，保护自己的孩子不被鬣狗或其他掠食者伤害。它一直低着头站在原地，确保瘸腿的女儿躺在自己的影子下。精疲力竭的它不得不接受长女的命运，但它下定决心保护自己的孩子，直到最后一秒。

我用望远镜看到象宝宝的头还在微微动弹，这让我激动起来。它还活着！象群已经离开了，我的脑海中浮现出一个疯狂的计划。

我冲回家，在路虎车后装上一个大的开放式容器，在里面盛满水，然后往车里放上一袋新鲜的苜蓿，接着让布伦丹召集其他护林员。

"听好了，"我说，"我们接下来要这样做。我会倒车到南迪身边，让它闻到水和苜蓿的气味，然后慢慢把它从象宝宝身边引开。南迪已经24小时不吃不喝，而且一直在太阳下暴晒，一定又饿又渴，所以可能会跟着我。30米外有个急转弯，如果它跟着我走到那里，就看不到象宝宝了。到时候，我希望你们悄悄地开着卡车尽快从另一边靠近，把象宝宝装到车上，然后赶快开走。"

我停顿了一下，目光掠过他们急切的面孔。"如果南迪看到你们带走它的孩子，那你们会被折磨得连骨头都不剩。所以，如果你们不希望落得这样的下场，就不要来。这件事太危险了，真的。"

他们没有片刻迟疑。"我们加入"是大家的一致回答。

我点头表示感谢："好的，我已经给兽医打了电话，他正在来的路上。我还在卡车后面放了一张床垫，是给象宝宝准备的。"

我们很快开车来到现场，将一切准备完毕，并再次确认了每一步的计划。"我们只有一次机会，"我提醒他们，"到时候你们倒车开过来，这样，就算你们被南迪看到，也可以快速地向前开走。我们需要一个司机，还需要两个人在后面负责把象宝宝装上车。"

我的安全至少还有一点儿保障，因为南迪认识我，而且我带着食物和水。护林员的情况就不一样了，南迪不认识他们，最重要的是，他们要偷走它的孩子。

55

我上了路虎车，倒车开向南迪。即将靠近时，我和它说话，让它知道是我。它一开始的反应很反常，在象宝宝和路虎车之间来回移动，然后向我冲刺，大声嚎叫，试图把我吓跑，向我冲来的时候还踢起一片尘土。它以前从没向我冲刺过。于是我停下车，把身体探出窗外，开始温柔地和它说话。在它走回象宝宝身边时，我慢慢再次倒车靠近。它的反应是又一次惊慌的冲撞。我继续和它说话。到第三次倒车时，它的冲刺已经完全没有势头了。它转身准备离开，但闻到了水和新鲜食物的气味，并对此有所反应。于是它停下来看着我。

"来吧，宝贝，"我轻声叫它，"来吧，好姑娘，你很热，你已经超过 24 小时没有吃喝了。跟我来吧。"

它停顿了一下，然后试探性地向前走了几步，耳朵直直竖起，犹豫地打量着一切。接着，它终于走到路虎车旁边，把鼻子伸进水里，吸了满满一鼻子水，匆忙喷进嘴里时把水洒了一地。它不停地喝着，而我非常非常慢地开动汽车。它毫不犹豫地跟着，在我们前进的过程中就喝下了好几升水——它实在是太渴了。我把它带到拐角处，让它看不到象宝宝。这个过程中它仍然一直喝水。

"行动，行动！"我对着无线电低声说，"我看不到你们，所以南迪也看不到你们。结束后马上告诉我。"

我一直在和南迪说话，一边安抚它，一边分散它的注意力。然后，不管它能不能听懂，我还是告诉了它我们正在做什么。"如果我不把你的宝宝带走，它就会死。你知道，我也知道。所以当你回去的时候，它已经不在原地了。但如果我们能把它救活，我会把它带回来还给你的。我保证。"

我不知道它能不能明白我的意思，但语气和意图能传达的信息远远超过了语言本身。至少，告诉它我们正在做什么，这能让我好受一点儿。

几分钟后，我收到了无线电信息。他们已经把象宝宝装上卡车。

"太好了！干得不错！"我说，"把它带回家吧。我得和南迪待一会儿。"

南迪喝完水后，开始享用苜蓿。吃完后，它看了看我表示感谢，便转身走回象宝宝之前待的地方。我跟在它身后，看着它用鼻子闻地面。凭借超强的嗅觉，它一定马上闻到了护林员的气味。它在周围嗅了好几分钟，又停了一会儿，然后转身慢慢朝象群的方向走去。

我知道，如果它闻到了鬣狗或豺狼的气味，不可能如此平静，也不会如此迅速地离开，而是一定会循着气味去复仇，决不罢休。

我的手在颤抖，不敢相信我们真的做到了。多亏了我胆大的护林员们，我们才能把象宝宝从它母亲身边带走。

现在我们要做的就是拯救它的生命。

56

回到家后，我看到象宝宝一动不动地躺在草地上的阴凉处。兽医把针管刺入它耳朵后面的静脉，正为它输液。

"它只剩一口气了，而且严重脱水。"兽医说，"接下来的几小时的治疗会决定它是否能活下来。"

我打了几通电话，想知道野生小象在母亲不在身边的情况下，可以用什么来代替奶水。达芙妮·谢尔德里克①在肯尼亚开办的小象孤儿院给我们提供了配方。之后，我派了一名护林员进城去买原料和特大号的奶瓶。

在我安排这些事的时候，弗朗索瓦丝把紧挨着我们卧室的客房改造成了象宝宝的房间。她把稻草铺在地板上，为象宝宝做了个结实的床垫，供它睡觉。

我回到象宝宝身边。弗朗索瓦丝决定给它取名为"图拉"，并检查

知识拓展 🐾

① 达芙妮·谢尔德里克

达芙妮·谢尔德里克（1934—2018），作家、大象研究专家、环保主义者，在非洲发起并建立了野生动物保护基金会、反盗猎联盟、犀牛孤儿项目、繁育地保护项目等。

了它已经皱成一团的前脚。

　　"它个头太大了，"兽医说，"真的太大了。子宫的空间不够它生长，所以它的前脚没有足够的空间发育，才会向后蜷缩，好在前脚的骨头没有断裂，肌肉也完好无损，而且足够松弛，应该可以恢复到正确的位置。通过一些锻炼，它的前脚应该能恢复正常。"

　　他绕着象宝宝走了一圈，然后说："我有点担心的是它的双耳已经被太阳和沙子烤掉了一层皮，也许边缘会保不住。我会开些药膏。"

　　就在这时，图拉相当有力地抬起了头。对野生动物来说，输液是件

◎ 图拉宝宝获救不久后就打上了点滴。

很美妙的事，有时候药效会非常明显，仿佛能让动物起死回生，对图拉来说也是这样。

我们拿着输液瓶，把图拉抱到它的新房间。它马上在新床垫上睡着了。

护林员约翰尼全天候陪着它。没有父母在身边的象宝宝需要持续的陪伴，如果不这样做，它的身体和情感都会迅速衰弱下来。几个月前才加入我们的约翰尼，成了图拉的临时母亲。

第二天，图拉从约翰尼那里接过它的第一个巨大奶瓶，喝光了里面的东西。

接下来的一天，它更强壮了。约翰尼做了一个帆布吊索，挂在草坪的那棵漆树上。我们轻轻地把图拉抱到外面，然后在它抗议的时候把吊索放在它的肚子底下，再用简易滑轮把它抬起来。约翰尼把它变形的前脚向前放。最后，我们把它的躯干放低，让它的四肢都处于正确的位置。

我们必须加强它前脚的力量，否则它绝对活不下来。它站起来的时候，一开始还摇摇晃晃，但逐渐找到了一点儿平衡。我们在给它喂食的间隙重复了几次这个程序。到了晚上，它已经可以在吊索的帮助下站稳了。

我轻轻吹了一声口哨。也许我们真的可以救活它，这样我就可以兑现对象群的承诺了。这头坚强的象宝宝在短短一天内取得的进步，真的太鼓舞人心了。

第二天早上，图拉在吊索的帮助下迈出了犹豫的步伐。到了第三天，它已经可以独立行走了，不过走得很慢，还经常摔倒。但图拉毫无怨言。它看上去总是很高兴，即使挣扎着站起来的时候，也几乎是在用大象独有的方式微笑。它真的勇气可嘉。我们猜测它一直经历着持续的疼痛，但它表现出来的愉悦简直让人难以置信。

一个星期之后，这个勇敢的小家伙虽然还跛得很厉害，但已经能够在草坪上蹒跚前行了。我们的园丁比耶拉一直陪着它，拿着一把高尔夫伞为它遮阳。图拉彻底俘获了比耶拉的心。从此刻开始，比耶拉的人生使命似乎就是为图拉遮阳。

随着时间的推移，图拉越来越强壮，很快就能定期用奶瓶喝奶了。不过，给它喂食让我们家陷入了前所未有的混乱。约翰尼把图拉赶到墙边，用胳膊搂住它的脖子，然后把装有富含维生素奶水的奶瓶塞进它嘴里。而图拉则用自己 120 千克的身躯和他搏斗。将约翰尼推倒在地后，图拉马上冲到门口，向它的新朋友比耶拉寻求安慰。

图拉能够定期喝奶确实是个巨大的优势，让一头独自长大的小象这样做往往是很艰难的。我觉得它愿意喝奶，是因为它本质上是个快乐的动物，而且我们也在它周围创造了一个充满关怀的环境。弗朗索瓦丝尤其关心图拉，图拉也很崇拜她，会跟着她在家里到处走动，就像一只痴情的大狗。

唯一的问题是，图拉破坏了它能接触到的所有东西。我们很快就意识到，任何没有被钉在地上的东西都会被它毁掉。如果它没法用鼻子把东西划拉倒，就会用自己的身体把它撞倒。

随着图拉越来越强壮，它的跛行状态也缓解了很多。除了躺下还有点困难之外，图拉恢复得很好。对它来说，现在最大的问题，就是弄清楚在自己面前挥舞的那根鼻子到底是什么。大象的鼻子大约有四五万块活跃的肌肉，所以图拉被自己的鼻子迷住了，总是不由自主地拍打着它，就像人类婴儿着迷于洋娃娃。

虽然我嘱咐了每个人，千万不要让图拉独自待着，但这完全是多此一举。约翰尼寸步不离地陪着它，下了班的工作人员也常常来看望它，每个人都欣赏它的勇敢精神。图拉在这个新家庭倾尽全力的奉献中茁壮成长。虽然它的前脚在复原的漫长过程中会一直疼痛，但它似乎总是在微笑。就连看到任何动物都会冲上去拼命的麦克斯，每天也会在图拉散步时跟在它身旁，高兴地摇着尾巴。

一天下午，我正带着图拉在花园外的丛林中散步，以便让它习惯更高的草、荆棘和树木，毕竟丛林才是它未来的家。这时，我突然看到象群出现在道路尽头。它们正好决定来我家看看。

这个时机太糟糕了。我们当时在电栅栏外面，如果图拉的母亲在空地上看到自己的女儿，可能会给我们带来不小的灾难。如果我自己逃跑，把图拉留在原地，象群肯定会把它带走。这样的话，它依然会死，它的脚现在还不足以适应在丛林中生活。即使南迪天天跟着它，丛林生活对现在的它来说也是死路一条。

唯一对我有利的是，象群不知道图拉还活着。它们是来拜访的，不是来找象宝宝的。我必须赶快行动。

我催促图拉尽快走到离电栅栏最近的大门。幸好我们处于下风口，所以当图拉跌跌撞撞地跟我回去时，象群并没有闻到我们的气味。如果我们在上风口的话，很可能会引起象群的疯狂冲撞和踩踏。

我们成功地走到门口后，我把图拉交给比耶拉，然后转身看着象群接近。

象群抵达时，娜娜的鼻子像潜望镜一样竖起来，鼻尖耸动着，直到它把注意力集中在图拉刚刚走开的地方。它转过身去，发出隆隆声。南

◎ 我和图拉宝宝在它获救后住的房间外。

迪和弗朗基也和它一样，闻到了图拉留下的气味。它们就像是犯罪现场的大侦探。

我来到图拉的房间，确保它和约翰尼待在一起，并把门也锁好。然后我叫来一位护林员，仔细检查栅栏的电流是否正常。我等待着，希望象群会离开。

20 分钟后，象群还在那里，我觉得我不能再忽视它们了。如果我让它们去看望图拉，可能会引发一些无法处理的情况。大象一旦认为自己的孩子处于危险中，就会变得无法控制。那么，我要怎么做才能既满足它们的要求，又能让图拉留在我身边，直到它足够健康强壮后才回归象群？

我不知道。但我觉得，至少我应该让它们知道象宝宝还活着。

我回到图拉的房间，脱下衬衫，擦拭它的身体。然后我把衬衫穿好，又把手和胳膊在它身上蹭了蹭。

我走到栅栏边，叫住象群。娜娜首先走了过来，把鼻子从电线上伸过来，和我打招呼。我像往常一样伸出手，但它的反应很不寻常。它的鼻尖在我的手上停顿了一下，有一瞬间，它整个身体都僵硬起来。接着，它开始抽动鼻子，吸进每一缕气味。我把双手都伸出来给它闻。它没有错过我衬衫的每一寸。南迪和弗朗基站在娜娜两侧，也把鼻子探向四处，显然它们也闻到了同样的气味。它们知道图拉还活着，而且就在附近。

我一直在和它们交谈。我告诉它们，我们是怎样帮助图拉死里逃生的。我告诉它们，图拉的脚出了问题，所以它必须得和我多待一段时间。我告诉它们，我们都很爱图拉，因为它是头如此勇敢而又快乐的象宝宝。我告诉它们，它们应该为最新的小成员感到骄傲，因为它为了自己的生命坚强地努力着。我还告诉它们，不知道出于什么原因，就连麦克斯都和它成了好朋友。

我和象群一起经历得太多了，与它们交流是这些经历的重要部分之一。那为什么不告诉它们发生了什么呢？我有什么资格判断大象能理解什么？此外，这种交流给我带来很大的满足感。象群显然也很喜欢这样，它们用深沉的隆隆声回应着我。

现在它们听到了我说的话，也从我的衬衫上获得了它们想弄明白的信息。这三头雄伟的大象站在我面前，就像一个正在权衡证据的陪审团。

它们经过深思熟虑后，转身离开了。我可以看出它们很放松，并不担心。我不是随便说说，毕竟我见过大象不高兴的样子。我知道母象们很高兴。它们本可以冲过栅栏，不在乎是否触电。我感觉到自己的体内燃起一阵温暖的光芒。它们信任我，所以我知道我不能让它们失望。

57

几个星期过去了，图拉的状况很好，它沉醉在弗朗索瓦丝、约翰尼和比耶拉的爱护和照顾之中。在家里，它是弗朗索瓦丝的小跟班，尤其喜欢跟着她走进厨房，把鼻子浸在弗朗索瓦丝烹饪的任何饭菜中。它还是会搞破坏。现在，护林员们每个星期进城购物时，都得带回堆积成山的陶器，来替换掉所有被图拉破坏掉的。但我们能怎么办呢？我们怎么能对图拉生气？它可是一头勇敢的象宝宝，永不言弃，从不抱怨。

在户外，比耶拉是图拉的英雄。他总是用色彩缤纷的高尔夫伞为它遮阳，与它形影不离。而且，如果它在室内待得太久，比耶拉还会生闷气。

图拉是我们的吉祥物。它的能量和活力正好与保护区的理念相吻合：活在当下。

有一天早晨，约翰尼在图拉的房间里喊我。我看到图拉的时候，它已经很难站起来了。

"它站不起来了。"约翰尼一边说，一边拉扯着尝试让图拉站起身。我赶紧去帮他。最后，在图拉的抱怨和抗议下，我们把它扶了起来。它摇晃了几下，然后一瘸一拐地向外面走去。

比耶拉和他的遮阳伞一起出现了，好像变魔术似的。我们跟在他和图拉身后。这时我注意到，图拉的四肢需要更长时间才能放松下来。比耶拉也注意到了，对着图拉微微扑扇的耳朵轻声说话。然后我才意识到，它不只是四肢僵硬，而且也处于剧烈的疼痛中，这种疼痛和它曾勇敢抗争过的那种疼痛完全不同。现在，它的右臀似乎也给它带来很大困扰。情况很严重，我马上叫来兽医。

"它得做 X 光，但我们现在没办法做，所以我也说不好是哪里出了问题。"兽医说，"它的骨头并没有断裂，但前脚和臀部的关节都严重发炎了，可能是走路方式导致的。"

他开了些药，并嘱咐我们不要让图拉长时间走路。

第二天和第三天，情况没有变化，图拉还是站不起来。一个星期后，它连奶水都不愿意喝了。约翰尼连胡子都顾不上刮了，头发也乱糟糟的，一脸沮丧。他哄着图拉喝奶，却被喷了一身。他总结说："它现在对一切都失去了兴趣。"

我看着图拉。它躺在角落里，面朝墙，无精打采地来回摆动着鼻子。它还患有鹅口疮。这是一种酵母菌感染的口腔病，非常难受。图拉很讨厌我们每天在它舌头和牙龈上涂抹味道难闻的药膏。

这时，约翰尼已经精疲力竭了。我从他手中接过奶瓶，试图放进图拉嘴里，但没有成功。最受图拉喜欢的弗朗索瓦丝也试了一次，她动作非常温柔，但图拉依然不愿意喝东西。

约翰尼说得没错，图拉确实失去了兴趣。它曾经是个勇敢的小斗士，现在似乎突然放弃了。我不知道为什么，猜想也许是它在勇敢追求生活的过程中一直在忍受太多痛苦，现在无法忍受了。

第二天，图拉喝了四分之一瓶奶水，这完全不够它所需要的量，但哪怕它只是喝下一点点奶水，也给我带来了希望。我期待它能重新恢复之前的那种坚强状态。

那天晚上，兽医又来给图拉输液。两天后，尽管输了几次液，全体工作人员也一直在鼓励它，但图拉依然对一切都提不起兴趣。

转天一早，悲痛欲绝的约翰尼告诉我们，图拉在晚上去世了，他一直陪着它。

图拉的去世影响了所有人，尤其是弗朗索瓦丝。我从来没见过她哭得如此伤心。这些年来，尽管我们和许多动物生活在一起，和它们保持着亲密的关系，但图拉不一样。它开朗的性格和直到最后都不服输的精神，鼓舞了我们所有人。它向我们展示了，尽管有痛苦，生活依然可以是快乐的；即使生命短暂，依然可以活得有意义。图拉让我们知道如何活在当下。

图拉给我们留下的悲痛就像是一场暴风雨，造成的影响延续了很长时间。约翰尼把它的尸体带去草原，让大自然来处理。

之后我开着路虎车去找象群。找到它们之后，我把它们带去了尸体旁。它们聚在一起。这次我什么也没说，因为不用我告诉它们发生了什么，它们会明白的。我用手捂着脸，是我让它们失望了。我抬起头时，看到娜娜就在车窗外，举着鼻子，摆出熟悉的问候姿势。南迪就在它身边。我们互相对视一会儿，然后它们离开了。

图拉的遗体被留在了那里。娜娜会不时地带着家人经过，停下脚步，用鼻子嗅着骨头，并轻轻推动。这是大象对死去的大象的纪念仪式。

58

　　麦克斯现在 14 岁了，年纪已经大到没法陪我走进它深爱的丛林。这位老战士曾经在盗猎者、蛇和比它大一倍的野猪的袭击下幸存下来，现在后腿患上了慢性关节炎，几乎无法行走。

　　弗朗索瓦丝和几个朋友都告诉我，我必须要面对麦克斯不再刀枪不入的事实了。它年纪大了，坚持不了太久。但我不敢去想这么可怕的事情。我给它找来最好的兽医，但最近它几乎不再进食。我难过地意识到它剩下的时间不多了。

　　即使提前有了心理准备，但当有一天看到兽医雷奥蒂的车停在车道上时，我还是惊讶极了。她和弗朗索瓦丝坐在休息室里，麦克斯的睡篮就在她们身边。弗朗索瓦丝看上去快要哭了。

　　麦克斯试图站起来迎接我，却摔倒在地上。它又试了一次……始终不愿意放弃。

　　雷奥蒂这些年来一直负责治疗麦克斯，她看向我，摇了摇头。

　　"弗朗索瓦丝给我打电话说了这件事。劳伦斯，我知道你爱它，但这样下去，对它来说也很残忍。"她站起身，"我在外面等着。"

　　她关上门后，弗朗索瓦丝搂住我，紧紧抱了我一会儿。然后她也离开了。

我在麦克斯身边坐下，把它的头放在我的膝盖上。它还是那么英俊。像往常一样，它抬起头看着我，舔舔我的手。即使到现在，麦克斯也依然是一条出色的狗。

我们俩一起待了十几分钟。我告诉它我有多爱它，我从它的身上学到了勇气和忠诚，还有很多其他的东西，它的生命是永恒的。它清楚地知道发生了什么事，我们的关系太亲密了，它懂得我的想法。我做好了心理准备，去叫雷奥蒂。

她进来时，已经准备好了注射剂。她在我抱着麦克斯的时候对它进行了注射。

我悲痛欲绝。

◎ 我的斯塔福郡斗牛犬麦克斯小时候的样子。

59

　　一个多月后，一位年轻的护林员带着两位客人游览保护区，意外遇到了从对面走来的诺姆扎恩。

　　诺姆扎恩看到他们后立即冲向汽车。护林员惊慌失措，迅速倒车，结果撞到了一棵树上。诺姆扎恩径直朝他们走来，他们被前后夹击了。值得称赞的是，这位受惊的护林员并没有伸手去拿步枪，而是告诉两位客人，当诺姆扎恩大步走到车前时，千万要坐好，不要发出任何声音。我亲身体会过，这是一个人可以想象到的最可怕的景象之一。诺姆扎恩轻轻撞上路虎车，它的象牙甚至掠过了一位客人的手臂。不知道为什么，客人居然没有尖叫出声。

　　护林员极其镇定地从前排座位跳下来，偷偷溜到另一侧，协助客人们下车。然后他们逃进了丛林。诺姆扎恩在路虎车周围摆弄了一会儿，没有造成任何实际破坏，便悠闲地离开了。确认诺姆扎恩走远后，三人从藏身之处溜出来，急忙赶回游客旅馆。

　　从各方面来看，诺姆扎恩只是对车表现得很好奇，并没有攻击性。从此之后，诺姆扎恩偶尔会接近保护区的开放式游览车。我听说它从来不会生气。而且，只要它一靠近，护林员就会立刻开车离开。

问题是这完全不符合诺姆扎恩的性格。它的表现绝对不是一头正常大象该有的行为。只要我们不入侵它们的空间，大象就会自动忽略人类的存在。

之后我才知道诺姆扎恩对保护区游览车突然产生兴趣的原因。在我不知情的情况下，两个年轻护林员看到了我和诺姆扎恩的互动。我一直刻意对我和它的交流保密，至少我以为是这样。这些护林员觉得他们也能试着靠近诺姆扎恩，和它玩比试胆量的游戏，互相切磋谁能在它走近时迅速跑开。他们从来没有意识到自己教会了诺姆扎恩一个危险的坏习惯。现在，对它来说，叫喊声和引擎声是一种直接的挑衅。因此，游览车一遇到它就得被迫离开。

保护区里最没有商量余地的规定就是任何人都不能主动接触大象。违反这一规定的人会被立刻解雇。在我发现两个护林员的所作所为之前，他们就已经辞职了。我希望他们之后的职业不再与野生动物有关。

没过几天，游客旅馆的一位实习经理没打招呼就离开了。事情还没解决，我就听说他也曾开着一辆保护区游览用的路虎车接近诺姆扎恩，还试图模仿我的声音。诺姆扎恩的情况一直很特殊，陌生人的不断挑逗正在改变它对人类的态度。这太危险了，我有点担心。

我最近买了一辆全新的白色路虎旅行车，决定试驾一下。它的越野性能很好，但为了绕过一大片树丛，我不得不360度急转弯。刚转了一半，我就突然感到莫名的不安。

一瞬间，诺姆扎恩突然站立在我的车旁。它悄无声息地从阴影中出现，这是只有大象才能做到的事情，然后只是站在车旁。我抬头看着它的眼睛，心猛地跳了一下。它的瞳孔像石头一样冰冷。我急忙反复呼喊它的名字表示问候。它冷漠了十几秒之后，才放松下来。我转好弯，一直和它说话，直到它逐渐平静下来，让我离开。

开车离开时，我的心情沉重极了。情况已经不一样了。也许它刚刚的行为是因为它没有认出这辆新车，我希望真的是这样。但它本就不应该靠近我的车辆，更不用说采取攻击性的举动了。

之后又发生了一起事件。有一次，我们的旅馆经理玛波纳开车回家的时候，诺姆扎恩不知从哪儿冒了出来，挡住了她的去路。她完全按照以前接受的训练行事，关掉引擎，坐在车里一动不动。诺姆扎恩绕到车后，靠在车上，压碎了后窗。玻璃碎裂的声音吓了它一跳，这给了玛波纳足够的时间发动汽车，加速离开。

这件事之后，我们在通往游客旅馆的路上辟出了十几个出口，让车辆在必要的时候可以迅速倒车并转弯。我们还清理了路上所有突出的树木，这样在诺姆扎恩靠近的时候我们就可以及时看到。

这些举措确实起了一定的作用。现在，除了我之外，诺姆扎恩接触不到任何人类。虽然一切开始恢复正常，但我依然很担心。我开始花更多的时间和它待在一起，试图安抚它，让它冷静下来。和我在一起的时候，它始终是那个我喜欢的友好巨人，看起来似乎还好。

但是，高级护林员们仍然不满意，他们不愿意靠近诺姆扎恩。而且，如果它出现，这个区域的所有徒步旅行都得暂停。

几个星期后，我的一位记者朋友询问是否能拍摄我和诺姆扎恩的互动。我同意了，但条件是摄制组的车辆不能出现在诺姆扎恩的视线范围内，而且整个拍摄过程中不能有人说话。

找到诺姆扎恩后，我开车向前，然后从新路虎车上下来，在车后座留下一位年轻的护林员。诺姆扎恩在我的呼唤下朝我走了过来。我最近对诺姆扎恩实行了新措施，每当我打算离开的时候，都会把口袋里的面包片扔在地上。虽然我深爱着它，但如果步行靠近，只有在它分心的时候我才敢转身离开。

在它走近时，我仔细观察，确认它的状态还不错。我们有 10 分钟左右的精彩互动，聊着各自的生活。好吧，是我在说话，诺姆扎恩一边满足地散着步，一边倾听。打算离开的时候，我把手伸进口袋，打算拿出面包片。但我的裤兜把面包片卡住了，我只好低下头，想把面包片拽出来。

那个瞬间，分心的是我，而不是诺姆扎恩。它突然靠在我身上，把我吓了一跳。它不仅想要站在我身上，而且情绪完全变了。我身后应该有什么东西打扰到了它，也许是路虎车里的那位年轻护林员。它想要攻击他，空气里弥漫着恶意。

我赶快把面包片扔到地上。幸好它挪动着身子去闻面包片了，我这才借机后退。

回到摄制组后，我的心跳得像打鼓一样。我知道刚刚它的脾气已经到了危险的边缘。它有些不对劲。

很快我就知道了这将带来多大的影响。

60

几个星期后，我开着新路虎车带着几位游客游览保护区。我们看到了海蒂，从小就成为孤儿的那头小犀牛，它正悄悄溜进丛林。我们在暮色中慢慢前进，突然看到象群出现在我们前方50米的地方，它们正在过马路。

"大象。"我一边说，一边打开前车灯。

我的两位客人第一次看到大象，更不用说整个象群了。我关掉引擎，让他们好好享受这一刻。

诺姆扎恩出现了，跟在象群最后。它正处在发情期，准备交配。发情期的公象荷尔蒙水平激增，行为可能变得危险而不可预测，尤其是当它们正在追逐母象的时候。诺姆扎恩现在就处于这样的情况。

娜娜带着家人走向鳄鱼潭。我等了5分钟，确保它们已经远离了道路，才发动路虎车，继续向前开。

副驾驶座位的男士突然大喊："大象！大象！"

我睁大眼睛，仔细查看面前被车灯照亮的路，但什么都没看到。

"大象！"他又喊道，指向他那侧的窗户。

是诺姆扎恩，此时它距离我们只有3米。受喊叫声的刺激，它向前走了几步，把巨大的脑袋低垂到车窗上，仿佛要看看噪声是从哪儿传来的。我看着它的眼睛，瞬间恐惧起来。它的眼神冷若冰霜。

接着，诺姆扎恩把鼻子探向车窗，试探性地敲敲。意识到它随时都可能打碎车窗，压住我的乘客，我猛地倒车，同时绝望地恳求歇斯底里的乘客冷静下来。然而，倒车时，车窗玻璃扫过了诺姆扎恩的牙。随着一声震耳欲聋的巨响，它的象牙被车窗边缘卡住了。诺姆扎恩抬起头，愤怒地嚎叫。我知道我们现在的处境非常危险。

在诺姆扎恩看来，这辆车已经"攻击"了它。于是，它走到车前报复我们，狠狠地敲打着前保险杠，导致我像车辆碰撞测试中用的假人一样，猛地冲向前方，一头撞在挡风玻璃上。紧接着，诺姆扎恩用巨大的脑袋抵着保险杠，用力把我们向丛林里推了20米，直到车后轮碰到一棵倒下的树后，才作罢。

我打开我这边的车窗，对它大声喊叫，但毫无作用。我惊恐地看着它侧身后退，给自己留出空间来提速。它走出车灯的范围后，我就看不到它的踪影了。现在客人们也不再喊叫了。我们三个人都沉默着。

我们只剩下一个选择。随着诺姆扎恩准备好冲刺，我一脚把油门踩到底。引擎发出轰鸣声，我试图让路虎车逃离它的攻击路线，但已经来不及了。它愤怒地冲向我们，用象牙砸向路虎车的侧面，正好是车后门的地方。巨大的冲击力震得我牙齿打战，我们被撞得飞离座位，重重摔向一侧。

在诺姆扎恩无情的袭击下，路虎车"咕咚"一声翻向侧边，然后车顶着地，栽进一片灌木丛。它再次发动猛烈的冲刺，又一次掀翻了路虎车。

我躺在地上，肩膀贴着草地，身下是碎了的车窗玻璃，副驾驶座位的客人压在我身上。我试着慢慢恢复身体的知觉。我知道我没有受伤，但我最担心的是这一切可能还没有结束。公象有着"善始善终"的可怕名声，诺姆扎恩似乎要证实这一点。它和我们只有几厘米的距离，愤怒地绕着被掀翻的汽车走动。

我必须让它从暴怒中平息下来。在一片混乱中，我莫名其妙地想起，受过枪声惊吓的大象再次听到枪声会愣住。我知道这样做可能会让事情朝完全相反的情形发展，引发一次最终的致命袭击，但我别无选择。

就在路虎车因为再一次撞击而抖动时，我转过身，从口袋里拿出弗朗索瓦丝的小手枪。透过破碎的挡风玻璃，我把枪指向天空，扣下扳机……一次又一次。我最后一搏的计划是，如果它靠近我们，我就把最后几颗子弹射进它的脚，希望疼痛能转移它的注意力，并给我们留下足够的时间逃命。

很庆幸，它听到枪声后真的愣住了，计划奏效。趁它犹豫的时候，我马上呼喊它的名字。但我抖得太厉害，声音都走调了。我大口大口地吸气，直到平静下来，才再次尝试跟它说话。这时，诺姆扎恩辨别出我的声音，垂下了耳朵。愤怒明显从它体内消失了。

我告诉它，没关系的，是我，它刚刚吓到了我，但它不需要再生气了。我侧躺在路虎车里，看着它慢慢走到我身边。它那几乎和垃圾桶盖子一样大的脚，离我的脑袋只有几厘米。我把小手枪对准它的脚，却惊讶地看着它正从破碎的挡风玻璃上取下玻璃碎片，然后轻轻把鼻子伸进来，抚摸我的肩膀和头，闻着我的气味。我一直和它交谈，告诉它刚刚的情况有多么危险和可怕，提醒它以后要谨慎一点儿。

它温柔极了。过了一会儿，它走到一边，开始研究附近的一棵树，仿佛刚刚什么也没有发生。

我摸出对讲机，却发现它已经被摔裂了。我在黑暗中摸索着重新接好电线，低声说出求救代码，描述了我们所处的位置以及发生的事情。然后我把对讲机的音量调低，不希望出现任何声响影响到诺姆扎恩。

幸好附近夜间巡逻的护林员们听到了枪声，几分钟就赶到了我们身边。但每当他们想靠近时，诺姆扎恩就会冲向他们的车辆，让他们根本无法接近。

我知道他们带着步枪，于是通过对讲机低声告诉他们，虽然情况看起来很糟糕，但无论如何都不能射杀诺姆扎恩。他们必须要等它自行离开。

但诺姆扎恩就是不愿走，反而一直接近路虎车。每次它这样做，总有一位客人会惊慌失措，疯狂地爬向车的另一侧。这只会进一步激发诺姆扎恩的撞车兴趣。它围着车走来走去，偶尔撞撞路虎车，让可怜的客人再从另一个方向爬回来。客人们无助地躺在黑暗中，外面还有一头庞然大物在走动，时不时地撞向车辆。对他们来说，这实在是太恐怖了。我时不时地喊它一声，它就来到我身边，静静地站一会儿，然后继续去戏弄客人们，再去驱赶试图前来帮忙的护林员们。

我不由得感到绝望，随后听到一位护林员在对讲机中焦急地喊道："象群过来了，整个象群都来了。它们直接走向你们了，要去你的路虎车那儿。我们现在要做什么？完毕。"

"什么也不做，"我回复，"等着就行。"

这是好消息，情况并没有护林员想的那么糟。我探身向前，正好可以看到娜娜和弗朗基，其余大象跟在它们身后。我不停地呼喊它们。

但它们忽略了我，不紧不慢地从我们身边走过。我惊讶地看着它们包围了诺姆扎恩，把它从我们身边推开。诺姆扎恩本可以轻易突围，它有这个实力，但并没有这样做。我躺在地上，视野太狭窄了，只能听到它们发出的隆隆声。我不知道它们在交流什么，但没过多久，诺姆扎恩就和象群一起离开了。

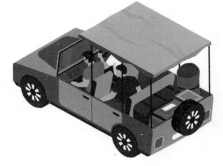

象群走出去大约 50 米后，护林员们急忙上前，爬上路虎车，从被砸得粉碎的侧窗把我们一个一个拉出来。难以置信的是，我们几个人都没有受伤。

我们开车离开时，看到大象们排成一列，顺从地跟在诺姆扎恩身后。毫无疑问，它处于主导地位。成年公象通常是独来独往的，诺姆扎恩已经很少和象群待在一起了。我坚信娜娜明白之前发生了什么，并和弗朗基一起进行了干预，让诺姆扎恩离开。娜娜这样做不仅是为了我们好，也是为了诺姆扎恩好。娜娜可能同时挽救了我们和诺姆扎恩的生命。

在我们经过象群时，诺姆扎恩在距离我们 40 米外猛地抬起头，愤怒地朝我们迈了几步。比起我那辆被撞坏的路虎车，它再一次对路虎车表现出攻击性，才更让我担心。这是个大问题。

61

　　这次难忘的事故让我考虑了十几种不同的方案，希望能处理好诺姆扎恩现在的情况。我可以想象，一些野生动物专家会说诺姆扎恩应该立即被捕杀，因为它是个潜在的隐患。他们还会说，如果我不这样做，就一定会有人因此失去生命。

　　我再次为诺姆扎恩辩护，说它只不过是来到我的车前，它早已这样做过上百次了。之后它被奇怪的喊叫声搞糊涂了。由于正处于发情期，当路虎车突然倒退并刮到它的牙时，它才失去控制。我的证据是，它一听到我的声音，就马上停止了疯狂的举动，并走过来检查我是否还好。

　　我拒绝射杀诺姆扎恩。相反，我开始采取一定的措施，确保它和我们每个人的安全。我们清理了房屋和游客旅馆之间的所有树木和灌木，确保附近每条道路周围 30 米都不会被树木遮挡。现在，只要它靠近道路，我们就可以远远地看到。晚上，我让一名护林员先开车并打开车灯行驶，检查它是否在附近，然后才让其他工作人员开车进出。

　　但这样做没有必要。诺姆扎恩一直待在丛林深处，像是在为它的错误赎罪。

另一方面，象群一如往常，满足地做着大象常做的那些事情。比如，它们拔掉整棵树来吃树叶、在泥潭中打滚、提供绝佳的保护区观赏体验。甚至连 ET 都安定下来了。象群的成功安慰了我。在经历了没有麻烦的几个星期后，我大胆地认为诺姆扎恩已经吸取了教训，情况正在逐步变好。

　　但是，一天清晨，一位负责驾驶野生动物观光车的护林员告诉我，他的车坏了，于是他回去取零件，把车留在了树林里。回来时，车不在路上，已经被砸坏并掀翻到一边了。

　　我还没抵达现场，就已经知道发生了什么。诺姆扎恩的踪迹到处都是，是它看到并破坏了汽车。我失望地检查了损失情况。

　　用来充当野生动物观光车的路虎车没有车顶，这样更方便游客们观察保护区的动物。如果敞篷车被掀翻，里面的人一定会丧命。虽然诺姆扎恩攻击的是一辆空的路虎车，但我们没有理由断定它不会攻击载有乘客的车。

　　我极力为它的行为辩解。但我知道我已经无能为力了。一切都要结束了，我明白。

　　我独自慢慢开车回家，给一个朋友打了电话，借用他的步枪。我麻木地告知他具体情况。挂断电话后，我不得不为自己做的这个决定感到震惊。但我心里明白，我和诺姆扎恩的故事已经来到了结局。如果我继续留着它，就会有人丧命。

　　我不想犯下任何错误。我开车进城，取了步枪和八发子弹。我没有告诉任何人，自己去了附近的空地，在一棵树上做好标记，开了三枪作为练习。一小时后，我在河边找到我的大男孩，它正在那里平静地吃草。

听到我的车声，它像往常一样抬起头，高兴地向我走来。我走下车，用车门稳定住步枪，然后瞄准。但我觉得自己是在背叛它。从瞄准器里看过去，它熟悉的身形显得那么陌生。它走近时，我呆呆地站在那里，心里充满各种情绪。我让泪水肆意流淌，始终无法扣下扳机。无论如何我都做不到。

我把步枪塞回车里时，它就站在我身边，用它特殊的方式热情地和我打招呼。我整理好自己的情绪，最后一次对它说再见。我告诉它，我们总有一天还会再见的。过了一会儿，我开车离开，把它留在原地。我的匆忙离开让它困惑不已。

第二天一早，我打电话叫来的两个神枪手朋友到了。他们是退休的专业猎人，也是动物保护主义者。他们知道要怎么做。

"你不和我们一起去吗？"其中一人问道，"你确定你不想自己动手吗？"

"我试过了，我做不到。我太了解它了。"我哑着嗓子说。

"它现在已经完全失去了理智。"我告诉他们，不愿再讨论任何细节。

一小时后，我站在草坪上眺望我深爱的保护区时，听到了远处的两声枪响。结局已经注定，我突然被可怕的孤独感所笼罩，既是为了我的漂亮大男孩，也是为了我自己。9 年的友谊被我搞砸了。此时的诺姆扎恩已经去找它的母亲了。在它来到图拉图拉保护区之前，它的母亲就死于暴力，而它一直没有真正恢复过来。

我逼着自己走到诺姆扎恩庞大的尸体旁边。我很庆幸它并没有严重摔伤，而是侧躺在那里，好像睡着了似的。

"它没有受苦，在倒地之前就已经死了，"一名枪手说，"但最后一刻它突然冲向我们，把我们吓了一跳。当时的情况太危险了。这头大象确实有问题，你的决定是正确的。"

我看着它依然宏伟的尸体。大地和天空仍然因为它的存在而更加生动。

"再见了，伟大的家伙。"我说，然后回到路虎车上，找到象群，带它们来看看我做了什么。

这是我不得不做的事情。

62

"这阶段，死亡好像总是连着发生，已经三次了。"几天后，我悲伤地想着。在一年多一点儿的时间里，象宝宝图拉、麦克斯和诺姆扎恩都相继离开了。不过我坚信，虽然它们已经死亡，但它们永远是非洲这片土地的一部分，它们的骨头永远留在了这片土地上。这给了我一点儿安慰。

大象和鳄鱼的寿命长达 70 岁，而其他动物一般都活不久。狮子、高角羚、薮羚和林羚只能活 15 年左右，斑马和角马的寿命可以达到 20 岁，长颈鹿稍久一点儿。许多小型动物的寿命更短，有些昆虫的寿命只有几个星期，甚至是几天。

每年春天，丛林中都会涌现新的生命。图拉图拉保护区就像是一个巨大的托儿所，成千上万的母亲把新一代动物带到这个世界，不论体形和种类。它们需要照顾好自己的孩子，因为尽管原野风光秀丽，但环境依然恶劣。只有最强壮、最聪明、最幸运的动物才能顺利活到老年。死亡是生命的一部分，现实就是这样。我喜欢这种方式，这是天然的选择，不受物质的干扰。这也让我能正确看待自己、朋友和家人的存在。

我正坐在槐树丛附近的蚁丘上，沉浸在思考中。这时，一辆路虎车驶来。已经是高级护林员的武西走下车，告诉我他刚刚开车经过了诺姆扎恩的尸体。

　　他犹豫了一会儿，直视着我。"只剩一根象牙了。"

　　"什么叫只剩一根象牙了？"我问，"另一根呢？"

　　"没了，被偷了。"

　　"怎么回事？"我太震惊了。

　　"昨晚象牙还在，我亲眼看到的。但今天就少了一根。"他继续盯着我说。这对祖鲁农村人来说是一种罕见的姿态，因为他们的文化要求人们避免直视对方的眼睛。我想他之所以这样盯着我，是因为他和我一样震惊。

　　"我们在尸体周围搜索了数百米。我也检查了每一米栅栏，没有找到盗猎者凿的洞。昨晚也没有人闯入。"

　　我惊愕地盯着他。

　　"还有，我通知了保安，他们搜查了今天进出的所有车辆。我先确定了情况，才来找您。"

　　"难以置信。"我说道，又回想起之前保护区有盗猎者的日子。

　　"象牙还在保护区里，"武西确信地回答，"肯定是有一名员工偷走了它，然后把象牙藏在了某个地方。对方应该有车。我昨晚在尸体附近看到过灯光，但走到一半的时候，灯光就消失了。"

　　就在这时，恩圭尼亚走来，肩上扛着剩下的那根象牙。他重重地把象牙放在地上。

　　"这可能会让您感兴趣，"武西说，没再继续象牙被偷的话题，"您摸摸这里，"他说着跪在那根巨大的象牙旁边，用手指轻轻地划过整根象牙，"这里有一条很深的裂缝。"

我在他身边蹲下。我一直知道诺姆扎恩的牙尖有一条轻微的裂缝，但这在大象身上十分常见，我从来没有担心过。

我像武西那样，用自己的手指轻轻划过整根象牙，然后惊讶地倒吸了一口气。我仔细一看，这条裂缝比我想象中更宽更深。象牙的底部完全裂开了，可以清晰地看到内部已经发黑。象牙只是延伸出来长在外部的牙齿。就像人类的牙齿一样，象牙出现这样的断裂，也注定会感染。对诺姆扎恩来说，这绝对是一种折磨。

"没错，姆库鲁，"武西说，"象牙顶部肿得很厉害，而且深处也发炎了。我把象牙切开，看到里面已经腐烂了。"

我再次倒吸一口冷气，因为现在一切都有合理的解释了。可怜的诺姆扎恩已经痛苦了太久，只是没办法忍受牙痛，所以才变得格外暴躁。我也突然意识到，这正是它发狂并掀翻路虎车的原因。当我倒车时，它异常敏感的牙被路虎车的车窗边缘卡住了。它当时一定痛到眼冒金星，是我开枪的声音才让它暂时分神。

我一下子坐在草坪上，用手捂着脸。尽管野生大象不常得到治疗，但只需要一剂镇静剂、一位好兽医和一些抗生素，我们也许就能减轻诺姆扎恩的痛苦，它就可以继续活着。我脑海中闪过我们"聊天"时，它满足地在我面前散步的样子。尽管它在短暂的生命中目睹了各种悲剧，但它一直是头快乐的大象。

我甩甩头，极力摆脱这个念头，强迫自己集中注意力，然后站起身。

我已经无法弥补已经发生的事了。

"我们去把象牙清洗干净，然后存放在一个安全的地方，"我对武西说，"至少我们现在终于知道诺姆扎恩是怎么了，也知道为什么它会发疯了。"

"好的，姆库鲁。"

"我们还得找到另一根象牙！"

我走开了，仍然不敢相信我自己的员工竟然会在这种时候偷走诺姆扎恩的牙。我原本是打算把它的一对象牙安放在游客旅馆里，以此纪念它的一生。

我们一直没找到那根象牙，但我从未放弃搜寻。

63

　　我和阿马科西保护区的工作人员讨论过许多年，打算将他们的保护区与图拉图拉保护区、乌姆福洛济合并，联手建立一个大型野生动物保护区。我刚刚买下图拉图拉保护区的时候就有这个想法，但直到最近才终于有了进展。

　　我当时看到这片地区的地图时，就惊讶地发现乌姆福洛济和图拉图拉保护区的边界有大量没有投入使用的土地。这些土地属于 6 个不同的祖鲁部族。多年来，我一直和这些部族会面交谈，希望能说服他们。一个大型保护区不仅能为野生动物提供绝妙的栖息场地，也能为他们的族人创造许多急需人手的工作岗位。

　　我知道这是一项雄心勃勃的任务，我也坚信这是正确的做法。我需要的只是耐心和坚持。现在看来，我的努力似乎得到了回报。

　　一天下午，大酋长恩科伊索·比耶拉突然给我打来电话。比耶拉酋长是我的计划成功的关键。目前，他是这一地区最有权势的酋长，而且比耶拉家族掌握着面积最大的一片土地。他希望第二天和我在图拉图拉保护区见面，讨论野生动物保护区的项目。我热切地答应下来。

　　第二天，他抵达后，我们开车穿过保护区，观察郁郁葱葱的保护区和强壮的野生动物。

"那片地是谁的？"酋长指着我们边界外的一片茂密丛林问道。

"是您的土地。"

"很好，那我愿意把它和你的土地合并。"他说。就这么简单。

他接着告诉我，他会让图拉图拉保护区北边的土地也加入这个项目。"我们一起开展你说的联合项目，为我的族人谋福利。"他说。同样，就这么简单。

"谢谢您，酋长。"

他提出要帮助我守住西部边界的大片丛林和荆棘林。就在这短短几分钟内，他已经提到了构成我梦寐以求的非洲野生动物保护区的大部分土地。

还缺最后一块拼图，最重要的一块——姆洛谢尼。这片土地面积约80平方千米，直抵乌姆福洛济的入口——白乌姆福洛济河。我们一旦谈下这块土地，就可以撤掉乌姆福洛济和图拉图拉保护区之间的栅栏，坐拥一片巨大的保护区。

"还有姆洛谢尼。"我说。

"姆洛谢尼怎么了？"他问。

"姆洛谢尼也必须加入我们的项目，与乌姆福洛济保护区连起来，这非常重要。"

"当然！我已经和我的首领谈过了，对方同意了。"他平淡地说，"就像从前没有栅栏的时候一样，动物们可以自由迁徙。"

我紧紧地握住了他的手。我太高兴了，简直无法相信我刚刚听到的一切。这个项目将为他的族人和野生动物带来巨大的好处，我心潮澎湃地畅想着。而在这个新项目中，酋长比耶拉也能构建一个传统的部族联盟。

我知道，虽然这项协议代表了多年来的根本性突破，但我们还有许多工作要做。未来，我们肯定还要开许多漫长的会议。但酋长终于完全支持这项计划了，这意味着我的畅想马上就要实现了。毫无疑问，酋长比耶拉的承诺是我们最需要的。

那天晚上，我们在游客旅馆里继续讨论我们称之为"皇家祖鲁"的项目，以及这个项目能为地区的振兴所带来的优势。我觉得诺姆扎恩的坚毅精神会成为宏伟的新保护区的一部分，也代表着非洲应有的样子：野性、美丽、人与动物和谐相处。对我来说，新保护区不仅是诺姆扎恩的纪念碑，也是麦克斯和象宝宝图拉的纪念碑。它们都曾表现出为我们仅存的保护区而战斗时最需要的品质：勇气、忠诚、毅力。

我会永远记住那一夜。我对非洲展望的愿景即将成为现实，皇家祖鲁项目也终将实现。我希望它能够成为非洲动物保护的基石。

后　记

我学到的
最重要的一课

　　有人说，你在生活中投入了什么，就能收获什么。娜娜和弗朗基隔着栅栏向我伸出鼻子的时候，我完全明白，它们给我带来的愉悦，远比我给它们的要多。虽然我挽救了它们的生命，但我从它们那里得到的回报是无法估量的。

　　伟大的首领母象娜娜让我懂得了家庭的意义。我从它身上学到的是：明智的领导能力、无私的纪律以及无条件的严格的爱，是组建一个家庭的核心。我也明白，当命运不公时，亲生骨肉是多么重要。

　　好斗的小姨弗朗基让我明白，没有什么比忠于自己的团体更重要。弗朗基会为它的族群献出自己的生命，没有丝毫犹豫。它的勇气换来的是绝对的爱和尊重。

　　南迪让我知道了尊严的重要性，也让我明白真正的母亲有多么关爱自己的孩子。它几天不吃不喝，一直陪伴着畸形的象宝宝，努力给它提供一切帮助，拒绝认命。

　　从曼德拉身上，我看到在一个充满敌意的世界里，象宝宝能够成长是一件多么艰难的事，但它的母亲和小姨用心确保它能够好好长大。它现在已经进入了青春期，根据自然法则，公象马上要被象群赶走。它将面临新的挑战。

弗朗基的孩子马鲁拉和马布拉让我亲眼看到，尽管环境很恶劣，但母亲良好的育儿方式依然可以孕育出优秀的果实。这两头漂亮乖巧的小象就是我们所说的"好公民"，在人类世界里常常供不应求。它们看到了母亲和姨妈是如何对待我的，它们也像对待亲戚一样尊重我。因为这点，我爱它们。

ET教会了我宽恕。尽管它曾经被伤心和不信任笼罩，我还是设法向它伸出援手，当然，也是因为它允许我这样做。一路走来，它恢复了活力，教会了我原谅，因为它首先原谅了人类曾经给它的家庭带去的悲痛。它后来做了母亲，向我们自豪地展示它的宝宝。我特别喜欢它。

最后，我要感谢的是我的大男孩诺姆扎恩，它曾经是我最亲密的朋友之一。每个人在生命旅程中都会留有遗憾，对我来说，我最大的遗憾就是没有猜到导致它"发疯"的原因是痛苦的牙齿感染。我安慰自己，任何护林员都猜测不到这个原因。不过，如果在其他保护区，它可能早就被射杀了。

我学到的最重要的一课，是人类和大象之间并没有高墙，只有我们自己筑起的障碍。当我们让包括大象在内的所有生物都能在阳光下自由生存的时候，人类才能更完整。

劳伦斯留给我们的遗产

——格雷厄姆·斯彭斯

◎ 劳伦斯·安东尼（1950—2012），被称为"象语者"。

2012 年 3 月，劳伦斯·安东尼在一场环保演讲中，突发心脏病离世。在劳伦斯去世后的第二天，娜娜领着象群来到他家门口。因为劳伦斯后来刻意和它们保持距离，希望它们成为真正的野生大象，所以象群很久没有到访过了。但它们还是来了，严肃地为他守夜。直到现在，只要想起那一幕来，我依然会起鸡皮疙瘩。

劳伦斯的儿子迪伦是这样说的："象群已经 4 个月没来过我们家了，它们一定花了好几小时才走过来。它们在附近徘徊了大约两天，然后才回到丛林中。"

也许有人会说，象群仅仅是路过。但我们明白事情远远不止如此，不是吗？

象群正在发展壮大，现在一共有 30 名强壮的成员。前 7 头被判处"死缓"的大象是在 1999 年抵达我们保护区的，考虑到这一点，现在的进展可以算是一个了不起的壮举了。

劳伦斯去世 6 个月后，另一头小象宝宝出生了。护林员给它取名为"安迪乐"，在祖鲁语中的意思是"数量增加"。这恰好准确地描述了劳伦斯给我们留下的遗产。

安迪乐出生后，发生了一件神奇的事。在它刚刚学会站起来时，象群就开始向着劳伦斯曾经住过的房子走去。它们走到河边时，河水正在泛滥。象群停下来，在岸边徘徊。护林员们一直观察它们，想知道发生了什么，因为象群通常可以涉水而过，但出于某种原因，它们却不愿这样做。

然后，护林员们才第一次看到刚出生的象宝宝。情况很明确，象群不愿蹚过泛滥的河流，因为象宝宝安迪乐还太小，可能会被淹死。象群当时很不安，一直想要过河。这是一条通往主屋的直路，但它们不敢继续前进。

护林员们明白了。娜娜要带领象群去向劳伦斯介绍新出生的象宝宝，这是他还在世时的一种传统。尽管大象们已经知道劳伦斯去世了，还曾在劳伦斯过世的第二天默默守夜，但新生的象宝宝依然要遵守这个传统。

也许有人会说这只是个巧合，象群只是要去河边喝水。但我们明白事情远远不止如此，不是吗？

保护区还迎来了一头新的公象，它在诺姆扎恩去世后，担任了公象首领的角色。它的名字是戈比萨，很好地填补了诺姆扎恩留下的空白。娜娜的儿子曼德拉经常和戈比萨一起玩耍，相当于在保护区这个大商场里结伴逛街的好哥儿们。和劳伦斯期望的一样，戈比萨负责教导年轻的公象们如何举止。它们不再像一些身边没有父亲形象的小公象那样，试图表现得大男子主义，去掀翻路虎车，以此展示自己的力量。我们的小公象满足于自己的能力，曼德拉现在也成了保护区最强大的公象之一。

传承劳伦斯的重任落在了他的妻子弗朗索瓦丝，图拉图拉保护区的专职护林员、巡逻员等员工身上。他们守护着保护区，将其变成自己日常生活的一部分。

　　劳伦斯的遗产之一，是他彻底改变了人们对保护区外其他动物的看法。当他在会议上发言时，无论与会者是明星还是村民，他向对方传达的信息都是一样的。对于那些说"我做不到"的人，劳伦斯都会给出一个简单的答案："你做得到。"你可以做些实事而不是参加那种依靠媒体造噱头的保护区运动，例如，说服当地的政府官员、种一棵树。或者，最重要的是走到户外去看一看，呼吸一下新鲜空气。因为劳伦斯，现在有成千上万的人明白，原野并不在远方的某个地方，而是在你的灵魂中。

　　这就是劳伦斯留给我们的遗产的意义。

致 谢

劳伦斯·安东尼

感谢母亲一生的鼓励。感谢杰森、迪伦和坦尼的照顾。感谢我出色的孙子，伊森和布罗根。感谢加文。感谢"天选之子"曼迪。感谢杰基。感谢来自柬埔寨的劳里和威尔基。感谢泰莉、保罗和卡梅伦。感谢格雷厄姆的洞察力和写作技巧。感谢马尔比一家。感谢希拉里和格兰特。感谢乔诺和斯坦，谢谢你们与我建立一段有趣的友谊，也谢谢你们拒绝就任何事情达成共识的态度。感谢酋长恩科伊索·比耶拉的智慧。感谢本和努古贝恩一家的美好友谊。感谢酋长菲维因科西·切卡德的远见和领导。感谢芭芭拉、伊维特和"地球组织"的所有工作人员接受了挑战。感谢伊恩·拉帕的领导。感谢梅迪和扎拉贝尼一家。感谢戴夫·库珀，你是护林员中的佼佼者。感谢贝拉、埃尔米恩、玛丽昂·加莱、布鲁沃伊家的男孩们。感谢玛波纳、武西、恩圭尼亚、贝基、伯尼斯维、比耶拉、泽尔达、布里吉特和所有不可思议的图拉图拉保护区工作人员。感谢大卫和布伦丹提供的支持，也感谢你们的所有付出。感谢彼得·约瑟夫、英格丽·康奈尔和丽莎·哈根的信任和支持。